自分にもあったかもしれない、性愛にまつわる22人の体験談。

目次

私もただの女の子なんだ　幸子　7
「私、結婚するかも」　根津　14
彼を失うくらいなら、知らないフリをして一緒にいたかった　ナツノオワリ　20
ちょうど3年記念日のクリスマス。私が振られた日の話　きのしたるんば　27
アイツの行った大学も、内定した企業も知らないまま生きていくんだろうなと思っていた　たーのっと　36
「でも付き合ってはくれないんでしょ」　量産型大学生　45
タバコの匂いがしない彼が好きだった。木綿のハンカチーフで泣く彼が好きだった　りんご　56

私は19歳で、彼は24歳。彼には44歳の彼女がいた　ふたば　63

午前8時に約束をして、ラブホテルに行く　iro　71

彼氏に抱かれながら、大好きな彼女を想いながら、私は処女を卒業した　ぷぁ　76

お前が先生だったらいいのに　machi　82

だから、私は風俗嬢になった　なな　88

わたしたち最初からこういう関係がお似合いだったんだろう　あび　94

お前、友達と舌絡ませんのかよ　きりのせり　101

俺より売れている俳優と飲みに行ったまま彼女は帰ってこなかった　エビフライ　108

好きになりすぎちゃいけない、彼もそのうち私を裏切るんだ　まかろに　116
「仲良くなりすぎたね、俺たち」　すっぱん　120
シングルマザーと大学生　レモンパイ　128
あの夜、あそこにいるのは私でなくてはいけなかった　隠れて生きていたら誰の目にも映らない人になった　134
彼以上なんていないのに、彼が最後が良かったのに、私を最後にしてほしかったのに　赤く染めた頬　139
風俗嬢まりんの性愛テクニック講座　平凡妻　145
出会って10年目、夫の不倫に気付いてしまった　桜坂　153

装画　凪
装丁　三瓶可南子

私もただの女の子なんだ

大学2年生の冬、彼氏ができた。

何度も何度もデートに誘って、ごはんを食べたり、映画を見たり、お誕生日にはプレゼントをあげたり、傍《はた》から見れば文字通りの純粋な片思いだった。

クリスマスももう目前。

今日こそ言わなくちゃ、と2軒目の居酒屋でハイボールを片手に頭の中で台詞《せりふ》を考えた。

ラストオーダーの時間。そのまま店を出た。電車が反対の方向だから、彼はいつも私の方のホームまで見送ってくれた。
あと5分。電車が迫るのを感じる。
「好きになっちゃった。付き合ってほしいんだけど」
彼は驚いていた。
ウソつけ、気付いていたくせに。そう思ったが言わなかった。
「俺でよかったら、お願いします」
夢のようだった。久しぶりの彼氏だった。
彼は同じサークルの同期で、誰にでも優しくて面白い人だった。本当に大好きだった。
恋愛経験は少ないらしかった。キスをしただけで分かった。
私は風俗で働いていた。
私の家は母子家庭で、祖母の介護でヒステリック気味だった母に嫌気がさして地元を離れた。そんなに頭も良くない私は私立にしか入れなかった。「あんたの行きたい所に行ったらいい」。

母の言葉に甘えた。母は私のことが大好きだった。

1年生の冬、学費を払えなくなった。

友達の家から帰る途中、駅の近くで声をかけられた。

「ひと月20万なんか余裕だよ」

当時彼氏もいなかったし友達も多くなかった私は、失うものなんかないとその話に乗った。

毎晩知らない人の家やホテルに行き、キスをして、されるがままに触られ、触らせられ、口に出された。顔にもかけられた。本番行為を強要し怒り狂うオッサンもいた。ゴミのように扱われた。乳首を嚙《か》まれて血まみれになったし、長い爪でいじくりまわされて性器もただれていた。泣きそうになりながら、かわいらしく演技してやった。私は毎日帰りの車で泣いていた。

辞めたきっかけは、盗撮だった。

明らかにおかしい位置に携帯。しかも立てかけられ、カメラは不自然にベッドに向いていた。怖くてたまらなかった。


なんで私だけ。

お店の子たちはみんな可愛《かわい》らしくてキラキラしていた。これから知らない男の人の所で裸になるとは思えないほど明るく元気な子たちばかりだった。

私だけが汚れているような気がしてならなかった。


その彼氏ができたのは、風俗を辞めて1年ほどした頃だった。

もちろん、働いていたことは話していない。店も潰れ、どのホームページからもパネル写真は全て消え、私が働いていた痕跡は消えていた。それでも、後ろめたい気持ちは消えなかった。


付き合って2、3ヶ月した頃、彼が家に来た。

私がごはんを作るのを、ソワソワしながら隣で見てくれ、話し相手になってくれていた。

「寒いから部屋にいなよ」

私の家は1Kで、キッチンは廊下にある。

「怪我《けが》しないか見てる」

要領の悪い私を心配して、たまに洗い物をしたり、鍋の蓋を開ける係をしてくれた。


「先にお風呂入ってきなよ」

一人でシャワーを浴びながら、ドキドキしていた。普段使わないトリートメントやボディスクラブを使ったり、ムダ毛の剃《そ》り残しはないか念入りにお手入れをした。すっぴんを見られるのも少し恥ずかしかったけれど、「付き合っている」という感じがしてうれしかった。肌の保湿をしながら、彼がお風呂を上がるのを待った。戻ってきた彼が隣に座った。そして、キスをした。

「ベッドいこう」と、彼が私を持ち上げ、私はされるがままに、ベッドに押し倒された。

彼の暖かくてやさしい手が服の中に入ってきて、ゆっくりと、確かめるように触るのが分かった。

もうそれだけで、下着が濡れていくのを感じた。

部屋着を捲《まく》られ、しまった、と思った。いつものクセでブラジャーをつけるのを忘れていた。せっかく新しく可愛いのを買っておいたのに。恥ずかしさで顔を逸《そ》らした。

「つけてないの？」と、彼はどこかうれしそうだった。指先で乳首を弾いたり、もう片方は舌で舐《な》めたりしていた。私のおっぱいに顔をうずめる彼が可愛くて仕方がなかった。すごく興奮した。

ズボンの中で苦しそうにしている彼のモノに触れた。ゆっくりと上下に手を動かして、いつもなら相手が興奮するように見せつけながら涎《よだれ》を垂らしてやるが、はっとしてやめた。不慣れでぎこちないフリをした。そうしながら、少しだけ泣いた。

そして、彼が私の中に入ってきた。やさしかった。やさしくて、また涙が出た。彼は、私を女の子にした。ただの女の子にした。私は演技でもなんでもなく、「気持ちいい」と声を漏らしていた。彼のことが大好きで、幸せでたまらなかった。

私だって、幸せになってもいいんだ。

彼は私を抱く前、「汚したくない、大事にしたい」といつも言ってくれ、なかなか手を出してこようとしなかった。
こんなに汚れているのに、と、思っただけで言わなかった。

しかし、彼と身体を重ねるたびに洗われていくような気持ちになった。綺麗になっていくような、そんな気がした。そうして過ごす中で、1年前のどの夜のことも、もうすっかり忘れ去ろうとしていた。

その彼とは今でも続いている。相変わらず、私が料理をする横でソワソワして見ているし、鍋の蓋を開ける係もしてくれる。毎日これといって変わったこともなく、変わらない幸せの中にいる。私だって、幸せになってもいいんだ。

私もただの女の子なんだ。

「私、結婚するかも」

「私、結婚するかも」

4、5年ほど前から穏やかにセフレ関係にある彼女と2週間ぶりに顔を合わせた。驚きすぎると声が出ないというのはどうやら本当らしい。生ぬるい風が窓から入ってくる。結婚。あまりにも非現実的な単語だった。

「先週2年記念だったんだけど、その時に」

彼女は淡々とプロポーズされた時の話をしてくれた。相手は仕事で知り合った人で、一回り年上で、経済力があって、誠実な人なんだそうだ。記念日に小洒落《こじゃれ》たレストランに誘われて指輪と花を渡されたらしい。

そんなのロマンティックでファンタジーすぎる。俺は口をぽっかり開けてロマンスとは程遠い表情をしながら聞いていた。だって。そんな。

「おまえ彼氏いたの?」

自分でも驚くほど素《す》っ頓狂《とんきょう》な声が出た。何も知らなかった。そんな素振りは一度も見せたことはなかった。連絡をすればすぐに返事がきたし、会おうと言えばいつでも会えた。出会ってからずっと他にセフレがいる可能性さえ考えなかった。

つまり俺は彼女がロマンティック野郎にも抱かれていることを知らずにこの2年間ずっと腰を振っていたということか。なんて馬鹿げた話だ。俺だけじゃなかったのかよ。なんだか急に彼女がすごく不潔なような気がしてきた。元々綺麗な関係ではないのだけれど、それでもすごく気持ち悪いと思った。知らぬ間に浮気相手にされていたなんてたまったもんじゃない。

しばらく沈黙が続いたあと、彼女は言った。

「だからもうここには来ない」

そりゃそうだ、と思った。こっちとしても浮気相手から不倫相手に昇格するのは御免だ。

彼女が麦茶を飲んだ。コップが汗をかいているから机がびしょびしょになっている。俺は全く汗をかいていないというのに、なんてことを考えていたら生ぬるい風が彼女の短い髪を撫でた。

彼女は少し乱れた髪を左手で右耳にかける。どの指にも指輪ははまっていなかった。

彼女は風が入ってきた窓のほうを向いている。綺麗なEラインの横顔。こんなに長く関係をもっていたのに彼女が今何を考えているのかわからない。そもそも結婚することをわざわざ報告してきた意図もわからない。逆の立場だったら絶対何も言わないだろう。プロポーズされたその日のうちにあらゆるSNSをブロックし、着信拒否をして二度と連絡が来ないようにする。この関係を無かったことにしてしまうだろう。

セフレの終わりなんてそれが正解なようにも思う。それなのに、何故《なぜ》。

不意に彼女と目が合い、あ、と、思った。それが合図だった。

次の瞬間、俺たちはゆっくりと唇を重ねた。ただひたすら、大切に。
キスをしながら右手で彼女の後頭部を支えると、彼女の右手は俺の服の裾を摑んだ。

彼女の身体は折れそうなほど細い。いつも思ってきた。この小さな口は、指は、ロマンティック野郎にも触れてきたのか。この身体はその男にも抱かれていたのか。その男は俺より優しくおまえを抱くのか。この細い身体でこの先その男の子供を産むのか。俺の知らないところで、俺の知らない男と、一生を添い遂げるのか。俺のほうが前からこうしておまえを抱いているのに。
そんなことがいくつも頭に浮かんでは消えていく。そしてそれに答えるかのように彼女の目から一筋の涙がこぼれた。

俺たちは一晩中抱き合った。

汗か涙か他のものか、なんだかわからない体液まみれになりながらお互いの形を確かめ合った。今までで一番丁寧で、荒々しくて、冷静な行為だった。

翌朝、彼女は部屋を出ていった。

俺は疲れて寝たフリをしていた。もしかすると起きていることに気がついていたかもしれない。それでも声をかけてこなかったということはそういうことだ。一瞬見えた手には小さな石がついた見慣れない指輪があった。

それからしばらくして顔を洗おうと洗面台に向かうと歯ブラシが一本消えていた。よく来るから、と俺が言って置くことを促したものだった。化粧品も着替えも、部屋に置いていたものは全てなくなっていた。まるではじめから何も置いていなかったかのようだ。

ピコン、と通知が鳴った。

誰からのメッセージかは見なくてもわかっていた。だからすぐには既読にしなかった。たぶん本当は、見るのが怖かったのだと思う。もしかすると、なんて淡い期待を寄せてしまう自分がいて怖かったのだ。

いや、待て。あんな二股女に今更何の期待をするんだ。本命が居ながら俺と寝るようなビッチだぞ。そんな女に今更振り回されてどうする、どうせ取るに足らない事務連絡か何かだ。さっさと処理して、さっさと忘れよう。

勢いに任せてメッセージを開いた。

『ずっと好きだった』

昨夜の俺にそれが言えていたら、

彼女はこれからも隣にいて、

いつか俺が買った指輪をはめてくれたのだろうか。

それとも全ては遅すぎただろうか。

彼を失うくらいなら、知らないフリをして一緒にいたかった

仕事をしている彼の横顔が好きだった。

時計の修理師で、ルーペを目につけている真剣な横顔がセクシーだった。

付き合って数ヶ月たった頃、残業が続きすぎた私は体調を崩してオフィスで倒れてしまった。病院に駆けつけた彼が言った。

「もう、仕事やめな。それで俺の家に引っ越しておいで」

「俺が支えるから、何も心配しなくていいよ」

真剣な顔で彼が言うから、泣きたいくらい嬉しかったのに、

「なにそれ。奥さんにでもしてくれるの」

急にそんなこと言われて恥ずかしくなってしまい、ふざけて返してしまった。

彼は、「うん、そのつもり」と躊躇《ちゅうちょ》なくさらっと言った。

私は仕事をやめて彼のマンションで同棲を始めた。私の両親にも挨拶をしてくれて、結婚を前提に同棲することを許してもらった。

今日は何が食べたいかな。

明日のワイシャツはこれがいいかな。

彼のことを考えて過ごす日々は、穏やかで楽しくて。

人生の中でこれほどまでに愛し愛されていることが、幸せだと感じた時間はなかった。

彼はいつも甘く暖かく私を愛してくれた。

ベッドの上でも、いつも優しかった。

「痛くない？」

「この体勢苦しくない？」

「こうされるの、いや？」

いつだって私を一番に気遣ってくれた。

彼が大好きで、大好きで、心の底から彼を信じていた。

彼の副業を手伝うようになり、彼のＳｕｉｃａをパソコンのカードリーダーでチャージしてあげようとした時に、見てはいけないものを見てしまった。

残業や飲み会で遅くなると言っていた日に、毎回おなじ駅で降りている履歴。

スーッと頭からつま先まで冷たくなっていく感覚。

見なかったことにしよう。

忘れてしまおう。

だって今日も彼は、こんなに優しい。

だいじょうぶ、だいじょうぶ。


自分に言い聞かせて、何もなかったことにしようとした。

けれど、私の中にドロドロと渦巻く不安は日に日に大きくなっていき、やめておけばいいのに、また履歴を見てしまった。

見えてきたものは、期待していたような不安を晴らしてくれるものではなく、疑いを確信に変えるものだった。


彼に聞くしかないと思った。

けれどこの状況に決着をつけるということは、その結末には、彼とお別れする可能性がある。そうなっても構わないと覚悟しないといけない。

その決意が揺らいでしまうほどに、彼のことが大好きだった。
失うくらいなら、このまま知らなかったことにして一緒にいたいと思った。

けれど、日に日に、これまで嬉しかった、「だいすきだよ」も「世界で一番かわいいよ」も全てが薄っぺらな嘘で出来ていると知り、何を言われても涙しか出なくなってしまった。

どんどん壊れていく私を見て、彼は話をしようと言ってくれた。

朝になるまで話をした。
結婚することで背負う責任とプレッシャーから逃げ出したくなった彼の気持ち。
ただの彼氏彼女の関係に戻りたかった、本当の思い。
そこから抜け出したくて、他の人と会っていたこと。

彼の気持ちに気づかず、ひとり幸せに浸っていた自分が情けなくて、彼の不安を消し去るほどに幸せにしてあげられなかった自分に腹が立った。

いつも、私は自分が幸せになることしか考えていなかったんだって、後悔の気持ちでいっぱいになった。

私たちは泣きながらお別れすることを決めた。

彼のことが大好きな気持ちは変わらなかったけど、一緒にいるともっと辛くなることが分かっていたから、お別れすることを選んだ。

彼の部屋を出ていく日の朝、彼は先に仕事に出て行った。

いつもの「いってらっしゃい」のかわりに、「いっぱい、ありがとう。さよなら」と言って、思い切りハグをして見送った。

ポストに合鍵を入れるのに、何十分もかかった。

歩き始めるのに、何十分もかかった。

前向きなお別れだと言い聞かせて、泣きながら歩いた。

私がゼンマイを巻きすぎて、ちぎれてしまったのか。
歯車が噛《か》み合わなくなって、折れてしまったのか。

今でも時計を見ると彼のことを思い出す。
上手く歯車の噛み合う相手と、ずっと時を刻んでいてくれたら、私は幸せです。

ちょうど3年記念日のクリスマス。私が振られた日の話

「あのさ、言いにくいんだけど俺、好きな人出来たんだ」

今日はありがとうと言おうとしたら、彼に被《かぶ》せ気味にそう言われた。

それはそれはよく漫画で見るような典型的なものだった。

3年の関係がこんなテンプレートで終わらせられるなんて、悔しいなんてものじゃない。

付き合ってちょうど3年の記念日だった。12月24日の空気は思っていたよりも冷たい。イブの京都駅に、電車の走行音と発着ベルとアナウンスが続々と流れていた。

「ドアが閉まります、ご注意ください」
21時31分新快速米原《まいばら》行きがホームを出た。

この日のために少し奮発して買った深緑のチェスターコートは、どうやらこの先ずっとこの記憶と結びついてしまうらしい。
立ち止まってコンクリートを踏んだ靴が、たんと音にもならない音を立てて鳴いた。
真《ま》っ直《す》ぐ、私に訴えかけている黒い黒い瞳に吸い込まれそうだ。

あ、これ、本気のやつだ。

時間が止まった気がして、第六感で再認識する。
過去形でいいから、いつまでその目でちゃんと私を見てくれていたのか聞きたかったけれど、そんな勇気は出なかった。

私は、振られたようだ。

心当たりはたくさんあった。
今年はプレゼントは交換しないでおこうと言ったこと。
お揃いで買ったコンバースのスニーカーを最近履いていないこと。
私が去年あげた腕時計をつけている機会がめっきり減ったこと。

代わりに、ポール・スミスの腕時計をつけ始めたことも。
ＬＩＮＥの返信が遅くなったのも、
電話をしても不在着信が増えたのも、
来年のお花見も海も誕生日の話も、話すと話題を変えられたのも。

どうやら全部、そういうことだったらしい。

いつか思っていた。

この関係が噛《か》んで味がしなくなったガムみたいになっても、彼を感じていたいと。馬鹿な女だと思われるかもしれないけど、私は明日も明後日も、彼が隣にいてくれると思っていた。

気持ちはそこになくてもいいから。

彼は、声も出なかった私に気づいていた。

申し訳なさそうなのか、ばつが悪そうなのか、どちらかわからない顔で彼はこう言った。

「本当にごめん。でも楽しかった。今までありがとう」

この人はもう終わらせようとしている。もう気持ちは変わらないんだろう。

君が謝った時はもうどうしようもない時だって、とっくに知っている。いつからかわかってはいたけど、言われてみると悲しいものだ。

「こちらこそ。ありがとう。元気でね」

無理やり笑ってみせた。
多分泣きそうな顔に、作り笑顔を貼り付けたような変な顔をしている。
最後くらい笑顔でいたい。

彼が2年前のこの日にくれた、小さなハートがついているネックレスを少し手間取りながら外して、彼に渡した。

細いチェーンを選んでくれたおかげで、付けにくかったし、取り外しにくかったな。
君の白い肌に似合いそうだよ、そんなことを言って私にプレゼントしてくれた。

「好きです、僕と付き合ってください」

3年前にここでそう言った、色白で、まだメガネで、目鼻立ちの整った君の照れた顔が脳裏に浮かんだ。

始まりも終わりもここなんて、本当に皮肉だ。

そっちから好きになって、そっちから離れていくなんて意味わかんないよ。

結局私だけが置いていかれる。

私は好きになった方がずっと好きだなんて、随分独りよがりな期待をしていたのか。

ふとお互い黙り込んでいることに気づいた。傍《はた》から見てもわかる、この空気。

あと何分だ、電光掲示板を見ようとした時、

「21時38分発、普通米原行きが参ります。黄色い点字ブロックまで離れてお待ちください」

アナウンスが流れて、もうすぐ電車が来ることを私たちに知らせた。

電車に乗ったら終わる。

そう思ったらもう、到着を知らせるメロディが流れていた。いつも通りドアが開き、い

つも通り電車に乗る。
悲しんでいるだなんて悟らせないように。
ドアが閉まる。強化ガラスに仕切られた。
あんなに好きだった彼とはもう、会えない。

反対方面の彼は、私が見えなくなるまで小さく手を振ってくれた。
いつか恥ずかしいと思ってみたそれ。
もう好きでもない女にも優しいなんて、この先この人を忘れる時は来るのだろうか。

いつも通りに明るく無機質な車内。電車内でいちゃつくカップルをこんなにも鬱陶《うっとう》しいと思ったことは無い。えも言われぬ寂しい気持ちになった私は、夜を越えるために彼とのＬＩＮＥを消そうとした。

始まりは「交換してくれてありがとう」彼からのＬＩＮＥ。
告白された日。一目惚れだったと打ち明けられた日。
夜通し電話をした日。初めて喧嘩をした日。

夏祭りに行った日。お互いが行きたい大学に合格した日。
処女を失った日。

いろんなことが数え切れないいくらいたくさんあった。

最後の方は、スクロールしてもただ日が流れるだけだった。右側に偏る緑のメッセージが痛い。答え合わせをして、0点だった答案を見返している気分。

走馬灯のように私の脳内を走り抜けた数々の記憶が、涙になって止まらない。
青春を一冊の本にするなら、100ページ中70ページが彼との思い出になるほど、私の人生の青春を捧げた人。

「3年間ありがとう。お元気で」
「いつかポール・スミスの腕時計をくれたその子と、私の結婚式に列席してください」
LINEにしては少し長めのその文章を送って、既読にならないうちに私は彼をブロックした。
クルクルと回る丸が回り終えた時、京都駅のホームは見えなくなっていた。

アイツの行った大学も、内定した企業も知らないまま生きていくんだろうなと思っていた

テレビ番組は呑気《のんき》に新年を告げる。

いつもは着ないような着物や羽織袴に身を包む芸能人に胸焼けがしそうで、目を背《そむ》けた。

窓の外はパラパラと雪さえ降っている、仕方ないな、こんな寒さだから。

外出する訳でもないのにコートを羽織った。マンションの郵便受けを覗《のぞ》くためだ。ぽつぽつと年賀状が届いていたのを持ち帰る。

「あ」

部屋には私しか居ないのについ驚きの声を出した。数枚の私宛の年賀状、その差出人の中にひとり、アイツの名前がある。


へー、とうとう結婚したんだ、よかったじゃん。


アイツと知り合ったのは高校2年の時だった。

アイツと私は自他ともに認める親友で、周りから「付き合っちゃえよ」と揶揄《やゆ》されることさえ度々あるぐらいだった。

「いや、こいつはそういうのじゃないから」

ふたりとも口を揃えて笑って返していた。


学校の中でもずっと一緒、朝も昼も放課後もずっと一緒、今思えば高校2年の思い出にはアイツしか居ない。

学校帰り、駅の近くの公園に毎日寄り道をした。ふたつしかないブランコを小学生そっちのけで陣取って、あたりの遊具から彼らがいなくなる時間までずっと駄弁《だべ》っていた。

ギッ、ギッ。老いたブランコに高校生ふたりの体重は文字通り荷が重いようで、鈍い音が公園内に響きわたる。


高校2年、2月半ばの金曜日のことだ、アイツと関わらなくなったのは。


雪が降るぐらい寒い日だっていうのに、私とアイツは今日も公園に行く。

当たり障りのないよくある雑談を並べて満足していた時、アイツは突然黙り込んだ。

どうしたの、と冗談めかしてアイツに言うと、覚悟を決めたようにブランコを立って、こっちを見ないで口を開いた。


「オレ、今日チョコ貰ったの、バレンタインの」

つい目を丸くしてしまった。

「バレンタイン……？　ああ、そういえば今年のバレンタインは土日だったね」

「そう、だから今日」

「どう？　かわいい女の子だった？」

「うん、てか、付き合うことにした。告白されたし」

「へぇ、よかったじゃん、おめでとう」

「だから、さすがにお前と放課後は過ごせないわ」

「そりゃそうでしょ、嫉妬されて刺されたらたまったもんじゃないって」

「ま、これからも親友として惚気《のろけ》聞いてくれよな」

「えー、まあたまにならね」


寂しさを笑って誤魔化《ごまか》す。

その後も話し続けたけれど、内容なんて、頭に残るわけがない。

ぼーっと、上の空で相槌を打つうちに、いつの間にかいつもの解散の時間になった。

ブランコに座ったままアイツにバイバイを言って、私は立たずにもう少し座ってブランコをこいでいた。

鎖を通して冬の冷たさが指に伝わる。さむ。

ふと見ると、人差し指に巻いた絆創膏が雪の水分で剝《は》がれつつあることに気がついた。よれた絆創膏と一緒に、色んな気持ちを引き剝がしてブランコから立ち上がった。

絆創膏と共にゴミ箱に投げ入れる。

家に、帰ろう。

高校3年生になるとアイツとクラスも離れ、接点は無くなった。
そのまま関わることなく高校を卒業し、「自他ともに認める親友」の割には連絡も取らずに成人し、流れるように社会人になった。アイツの行った大学も、内定した企業も知らないまま生きていくんだろうなと思っていた。

20代後半の冬だったか、マンションの郵便受けに見慣れぬ封筒が入っていた、同窓会の知らせだ。
そういえば、高校の時に誰かが企画をしていたっけ。
懐かしの友人たちと、いや、アイツと会えることを期待して、出席に丸をつけた。

アイツは全然変わっていなかった。

「よ、元気?」

なんて軽い挨拶をして、アルコール片手に私に話しかけてくる。

こっちは10年ぶりの再会にどぎまぎしてるってのに。

負けじとそんな素振りを見せずに応えることにした。

話し始めればすぐ高校2年の私たちに戻る。

大学のこと、就活のこと、会社のこと、話し込むうちに同窓会も終盤に近づいてきてしまった。

結局こいつとしかろくに話せてないや。

酔いも程々にまわって、さて帰るか、と席を立とうとしたら、アイツは私の目を見て口を開く。

「帰り、寄り道してかない?」

高校2年のころを私は思い出す。

懐かしいな、いいじゃん。口には出さずにただアイツの目を見て頷《うなず》いた。

ギッ、ギッ。ブランコが軋《きし》む音がする。当時とはちょっと違うけど、でもどこか懐かしい音が響きわたる。

外に目をやると雪がちらついている。ああ、思えばあの時も雪が降っていたな。

自分の左手に目線をずらす。今日は人差し指には何も巻かれていない。

当時を懐かしんでいると、アイツはゆっくりと私の左手に自分の右手を上から重ねた。

「あー、これ指輪か」

揺れを止めて、アイツが言った。

いつからこいつはこんな顔ができるようになったんだろう。

結局、10年の月日はアイツを、いや、アイツだけじゃなくて私をも大きく変えた、変えてしまっていた。

私の左手、薬指から彼の右手にひんやりとした金属の冷たさが伝わっていく。

「再会しなければよかった」

お互いに口に出そうとして、やめた。

思い出しているうちに随分時間が経《た》った。
ああ、そうだ、年賀状。アイツに送り返してやらないと。
印刷した年賀状の余りに、年賀切手をひとつ切り離して、貼った。摘《つま》んで裏を舐《な》める時、指の切り傷に唾液が滲《し》みた。いて。そういえばおせち作りで怪我《けが》してたんだっけ。

靴を履いて、外に出た。
郵便ポストまで歩く道筋にある公園からは、子供の声とブランコが軋む音が聞こえる。

ギッ、ギッ。

ブランコに乗る子を押している母親の姿を見ると、近々自分もこうなるのだ、と、感慨深い気持ちに包み込まれる。

公園の角を曲がって暫《しばら》くすると、郵便ポストに着いた。

寒さと身重であることが重なって、白い息が口から溢れる。

たった1枚、テンプレートの印刷に加え、一文メッセージが書き足された年賀状を、私は黙ってポストに投函した。ふぅ、とまた白い息をはいた。

『お幸せに』

高校2年の甘酸っぱい想《おも》いも、20代のぎこちない距離感も、今思い返せば全部ほろ苦い思い出として完結させてしまう自分が嫌になる。

彼は知らないし、知るよしもないのだ。

本当はあの日、私もチョコを持って公園に向かったことを。

「でも付き合ってはくれないんでしょ」

「でも付き合ってはくれないんでしょ」

隣で寝ていた友人にスッと心の距離を取られたような気がして声が出なかった。同じベッドでこれ以上ないほど友人の体温を近くに感じられるのに、途方も無いほどの心の距離が私と友人の間にはいつからかできていた。

友人は少し中性的な人だった。好きな物は甘い物とおしゃべりと意味の無いＬＩＮＥ、どちらかというと小柄な体型で、オーバーサイズのスウェットやＴシャツの袖を余らせながらスマホをいじっていた。

大学入学時、私と友人はよく遊びに行った。
友人は中高6年間女子校だった私にとって初めてできた異性の友達だった。毎週のようにあるガイダンスや新歓の合間をぬって、オムライス、パンケーキ、チーズダッカルビ……そんな誰と行ってもおいしいような料理をわざわざ友人と食べに行った。

ご飯を食べたあとは公園によく行った。
ある日友人は公園を歩きながら、理想の家庭像について語っていた。それは家族仲のいい友人らしい、幸せな夢だった。

日が暮れて初めて、随分長い時間がたったのだと知るのが常だった。いつものようにベンチに座り、そこで、初めて友人の口から私への気持ちを知った。
それまで私は友人の話す理想の家庭像に自分が含まれていたことを知らなかった。

友人は今まで会った人間の中で一番性格が合うと感じていたが、小ぶりな顔のパーツで構成された地味な顔立ちは当時の自分には少し物足りなかった。

だから、友達のままでいたいと伝えると、友人はわかりやすく肩を落とし、まつ毛を伏せた。

泣いていたのかもしれない。


それからも友人とは会い続けた。

色々なところへ行った。そのあともう一度だけ同じ公園で告白された。夜の公園はもう肌寒くなっていた。季節が変わっても友人は好きでいてくれたのだ。


そんな関係は私がサークルの先輩と付き合い始めるまで続いた。

友達伝いに彼氏ができたことを知ったらしい友人は、あの夜告白を断った時のように眉を顰《ひそ》めながら、数々の私の今までの行動を列挙しながら、

「ずるい、ぜんぶ嬉しく思っちゃってたよ」と責めるような口調で言った。


それが友人とのその年最後の会話になった。

背が高く、容姿のいい先輩は彼氏として見栄えが良かったが、束縛の激しさに音《ね》を上げて3ヶ月で別れてしまった。その後先輩とはサークル活動で一緒になっても一言も言葉を交わせなくなってしまった。

付き合う前はあんなに尊敬でき、付き合ってからは一番近しい人だったのに別れたらこんなにも遠くなってしまうのか。

今後本当に大事な人とは付き合うことはやめようと心に誓った。

友人を傷つけたという罪悪感から彼氏と別れてからもずっと連絡をとっていなかったが、たまたま学祭で再会してからまた連絡をとるようになり、トントン拍子で会うことになった。

久しぶりに会った友人の耳元にはピアスが開いていた。

半年会わないうちに友人は彼女ができて、すでに別れていたことを知った。私が先輩と別れたぐらいの頃に付き合っていたらしい。あちらからの告白だったようだ。

何も私は知らなかった。

ピアスを開けたことも、彼女ができたことも、その彼女と別れたことも何も知らされなかった。

なんだか少し、裏切られたような気になっていた。

初めて私に好きをくれた人だから、ずっと私のことを好きでいてくれると勝手に思っていた。

友人と知り合ってから1年が経《た》ち、季節はまた春になっていた。

私と友人の距離は去年の春のようにまた縮まっていた。また、どこで誰と行ってもおいしいようなご飯をわざわざ友人と約束して食べた。

去年と違うのは、友人の片耳で光る黒いピアスと、テーブルの上の度数の強いアルコールとＩＱＯＳだった。

ピアスもお酒もタバコも、いつから始めたのか知らなかった。

友人のことを知れば知るほどまだ知らないことが多いと気づいた。もっと知りたいと思った。

私は束縛彼氏と別れてから深酒をするようになっていた。

友人と飲んだその日も居酒屋で大量のお酒を飲み、道の途中のコンビニで安酒を買い、コンビニのベンチでそれを飲み干した。

ベロベロになっていると、友人が唇を合わせてきた。

友人はキスがとても、上手かった。

時に激しく時に穏やかな繊細なキスで、強弱をつけた友人の舌や唇に今までない快感を覚えた。今まで彼氏や彼氏以外ともした下手なセックスよりも、気持ちのいいキスだった。

現金な私は、そこで友人を初めて異性として意識するようになった。

またすぐ一緒にお酒を飲みに行き、互いに酔ったフリをして、路地裏にある安いラブホテルに入った。友人は初めてだと言っていたが、信じられないほど良かった。

今までの建前や過去や友情が全て全てどうでも良くなるくらい、どうしようもなく体の相性が良かった。

友人は雄なのだと、強烈に体と頭に叩き込まれた。

私はみるみるうちに友情か性欲か恋心かなんだかわからない感情を友人に抱くようになった。

それから友人と何度もセックスをした。

とても、気持ちが良かった。

お酒を飲まないと手も繋げず、繋がっている時しか「すき」と言えない関係がもどかしくも、このままずっとこの終わりのない関係でいたいと思っていた。

簡単に付き合って、簡単に別れて、友人を失うのは絶対に嫌だった。

ある夜セックスを終え甘美な倦怠感に身をゆだねていると、友人が無言でじっと私の目を見つめてきたことがあった。

私は恋人のように友人にすりより、いかに今のセックスが最高だったかを述べ、友人の体と器用さを褒めちぎった。私がひとりで熱に浮かされたように話せば話すほど、友人は冷静になるらしかった。私が口を閉じるのを待ち、一呼吸おいて友人は言った。

「でも付き合ってはくれないんでしょ」

まるで冷や水をかけられたような気分で、言葉が出なかった。

あなたが大事だからこそ簡単に付き合いたくないこと、学生時代の恋愛で終わりたくないこと、ずっとこのまま一番近くにいてほしいこと、ずっと好きでいてほしいこと。

どうしたらわかってもらえるんだろう。

付き合いたくないほど、友人のことが大好きで、大切で、失いたくない存在なんだということを。頭の中は伝えたいことで溢れているのに、その時の私は「うん」という2文字を発することが精いっぱいだった。

友人にとってこれが、このかりそめにも、永遠にも思えるような関係を終わらせる決め手になったのだろう。

ほどなくして、ふたりの間のＬＩＮＥの返信の頻度が逆転した。

今まで私が返信を忘れていて、友人から動物がこちらを眺めるスタンプが送られてきたことは1度や2度では無かったが、この時期には何度も返信が無いかＬＩＮＥを開き、追加でメッセージやスタンプを送るのは私になっていた。

薄々気づいていた。

ＬＩＮＥの返信の頻度は人の気持ちに比例する。

もう何もかもが遅すぎる。

そう思っても、昔好きになってくれた人はいつまでも私のことを好きでいてくれるとどこかで思っていた。その慢心が打ち砕かれたのは私が送った「会いたい」に対する1週間ぶりの返事だった。

「好きな人ができた。もう会えないし、連絡も取らない」

もう、あの告白の有効期限は切れてしまっていた。

それでも私が無理やりつなげた関係はもう腐り果て、臭気を放っていたのに、臭いものに蓋をするようにその事実から目を逸《そ》らし続けていた。

付き合わなければずっと一緒にいられると思っていたし、ずっと好きでいてくれるかと思っていた。

今の私は、どうだ。

すでに愛されもせず、もう付き合えもしない。

遠い存在ですらなく、友人の世界から存在ごと消されてしまった。

こんなことなら付き合えばよかった。

3ヶ月、半年、数年で別れるとしても、付き合えばよかった。

友達では物足りず、恋人になるのには意気地がなく、その中間でいようとした結果、どちらの関係にも、もうなれない。

振られるってこういう気持ちなのか。

かつて友人もこういう気持ちだったのだろうか。

今までこんな思いを向けてくれてありがとう。ごめん。

そんなお礼もお詫びの言葉もまだ言えていない。

タバコの匂いがしない彼が好きだった。木綿のハンカチーフで泣く彼が好きだった

「これ聞いてみて」

高3の冬、彼からひとつURLが届いた。

大学受験は目前に迫り、学校は休校期間に入っていた。私も起きてから寝るまでただただ机に向かう毎日で、彼とはもう半月近く顔を合わせていなかった。

LINEが来たのも1週間ぶり。

私は勉強のご褒美にとその通知をとっておいて、寝る前にそっとURLを開いた。

木綿のハンカチーフ。

彼が当時好きだったアーティストがカバーしたものだった。

最初から最後まで飛ばさずに聞いた。しかし正直何も思えず、「突然どうしたの笑」と返す。


「これ聞いて泣いちゃった」


彼の返事が可愛くて、もう一度聞いた。

やっぱり私は泣けなかったけど、さっきよりは歌詞が沁《し》みた。

悲しくても、嬉しくても、感動しても。

とにかくすぐに泣いてしまう純粋な彼のことが私は大好きだった。


当時、私たちはキスもエッチもしたことがなかった。

高2の夏に告白されてから1年半、大人から見たら誰もが微笑《ほほえ》むような高校生らしい純愛を育んでいた。

私も彼もそれぞれ東京の大学に合格し上京が決定した。

しかし新型コロナウイルスのために授業が全てオンラインになり、私は上京の時期をずらした。

彼の大学もほとんどの授業がオンラインだったけれど、もう住むところを契約してしまったからと彼は4月に上京した。


不安だった。

でもあなたもすぐくるでしょ、と言った彼の笑顔を信じた。

毎日LINEした。

5月、同じ学部の人と初めて会ったと話され少し焦った。私だけが足踏みをしているように思えて。

徐々にLINEの返信速度は落ちていき、彼からの返信は2日に1度のペースになった。

悲しくはなかった。そりゃそうだろうと思っていた。環境が変わって、今までと同じ関係性を持続しろというのは酷すぎる。
向こうは東京で新しい生活に忙しくしているのだ。夏が明けたら私も上京する。そこでまた足並みを揃えればいい。

7月、彼がバイトを始めたと言った。チェーンのカフェバイト。コーヒーは苦いから飲めないって言ってたのにな。

8月、いよいよ彼の返信は遅くなり、私が閉じこもり自粛生活を続けるなかで彼のストーリーはいわゆる都会の大学生のようなものになっていった。
遊び歩いてるから今年は帰省控える、と彼が言ったので少し遊びを控えて私に会いにきてよ、と笑いながら伝えると9月になったらこっちにくるでしょ、と彼も同じく笑って答えた。

私は本気で言ったのに。
怖くて笑わずにいられなかったのに。

彼のストーリーはますます派手になっていき、服装や髪型は別人のようになった。

9月、私はついに上京した。

「14時50分に東京着くから迎えに来てよ」

「ごめん、バイト入ってて行けないわ」

上京した次の日、久々に会った彼からはタバコの匂いがして驚いた。というより引いた。全然そんなやつじゃなかったじゃん。

吸ってるのは俺じゃないよ、と気まずそうな彼は前みたいに愛《いと》しく私を見つめてくれなかった。ほとんど目を合わせてくれなかった。

「吸ってる人が多いバイト先だから。仕方ないよ」

「ていうかタバコの匂い嫌い？」

「こっちだとタバコ吸ってる人多いよ」

一度彼のバイト先の仲間たちと一緒にカラオケに行った。未成年だからと酒を断る私を皆物珍しそうに見ていて嫌だった。

彼は庇《かば》ってくれなくて、恥ずかしそうに目を逸《そ》らしていた。

陰でこっそり女の先輩の腰に手を回している彼を見た。

タバコを吸いにと出て行ったその先輩の後を追いかけている姿も見た。

もう私たち別れるんだろうな。

散々なカラオケの後、泣きながらＬＩＮＥを読み返した。高３の冬まで遡《さかのぼ》った。

木綿のハンカチーフ。当時彼が泣いた歌を聴いて、私は泣いた。

別れは私から切り出した。そのあと２通ほどＬＩＮＥを交わしたきり、彼との連絡は途絶えた。

授業は寝ずに真面目に受ける彼が好きだった。
ちりとりで最後まで埃《ほこり》をすくい切る彼が好きだった。
疲れていても家まで送ってくれる彼が好きだった。
照れて女子とはまともに話せない彼が好きだった。
タバコの匂いがしない彼が好きだった。

木綿のハンカチーフで泣く彼が好きだった。

私は19歳で、彼は24歳。彼には44歳の彼女がいた

私はまだ19歳で、彼は24歳。彼には44歳の彼女がいた。
彼の彼女は3人の娘を持つ、人妻だった。
つまり彼は不倫をしていた。
もう4年も人妻と不倫関係にあると打ち明けられたとき、チャンスだと思った。

「不倫なんて良くないよ。最低だよ」

「そうだよね」

「私と付き合おう。私となら時間を気にせず会えるよ」

「うん、そうする。そうするよ」

彼は人妻と別れ、私を選んでくれた。


私達は、色んな場所へ出かけた。

昼間に堂々と、手を繋いで。


ショッピングモールを歩いた。郊外にあるカフェでお茶を飲みながら話し込んだ。浴衣を着て、お祭りに出かけた。互いの友人に紹介し合い、ダブルデートのようなこともした。

それは彼が不倫をしていた4年間、ずっと夢見ていた、「普通のカップル」の「普通の交際」だと言う。

私は処女を彼に捧げた。

とても怖かったけれど、彼の大きくて優しい手が、唇が、私を安心させてくれた。

彼が前戯に長い時間をかけてくれたおかげか、挿入してもあまり痛みを感じなかった。

彼が私を選んでくれたことが嬉しくて、彼を正しい道へ導けたことが嬉しかった。幸せを噛《か》みしめた。


そう、私は、昔から、正しいことが大好きだった。

浮気、不倫、一夜限りの関係。そういうものが嫌いだった。

セックスは好きな人とするべき。きちんとコンドームをつけて。

手を繋いで。好きって何度も言い合いながら。

だってそれが正しい恋愛でしょ？

だってそれが正しいセックスでしょ？

私と彼が正しい交際を開始して1カ月。

火曜日の夜だけなぜか彼と連絡が取れないことが続いた。


「火曜日は毎週夜勤になったんだ。ごめん」


彼の言葉に、正しくない雰囲気を感じた。

ああ、彼はまたきっと不誠実に引き寄せられている。私が正してあげないと。


火曜日の深夜2時、私は彼が一人暮らしをしているアパートへ向かった。付き合ってすぐに、彼から合鍵を渡されていた。

案の定、外から見た彼の部屋には明かりが灯《とも》っていた。私は迷わず合鍵を使い、ドアを開けた。

玄関には女物の白いパンプスが転がっていた。

私は迷わず寝室へ進んだ。

私が初体験を済ませたシングルベッドで、

彼とおばさんが裸で肩を寄せ合い、眠っていた。

「ねぇ、起きて。これどういうこと?」

ふたりは飛び起き、私の姿を見て悲鳴をあげた。
おばさんはベッドに潜り込み、隠れた。
彼は起き上がり、床に散らばっていた服を身につけた。

「ごめん。リビングで話そう」
「何に対して謝っているの? この人は誰なの?」

「彼女です」
俯《うつむ》いたまま、小さな声で、彼は言った。

「じゃあ私は何なの?」
語気を荒くして詰め寄ると、彼はさっきよりもっと小さな声で言った。

「ごめん。本当に、ごめんなさい」

彼は私よりおばさんを、人妻を、不倫を、正しくないことを選んだ。

ベッドの中からおばさんが、「ヒーッ」と惨めな嗚咽《おえつ》を漏らすのが聞こえた。

どうして正しい私が立ちはだかり、正しくないおばさんが彼に守られ、さも被害者であるかのように、泣いているのか。

あ、そうだ。

私、彼といるとき、泣いたことなんてなかったな。

いつも笑っていた。いつも自分に自信があった。

私はまだ若くて、未婚で、子供もいない。

私は健やかで、明るく、正しくいようと常に努力してきた。

良くなかったのかな。
悪かったのかな。
未熟だったのかな。
幼かったのかな。

だから、勝てなかったのかな。

悔しかった。悔しくて、彼の頬を平手で叩《たた》いた。
合鍵を床に放り、彼の家を出た。

私は悪くない。私は悪くない。私は悪くない。私は正しい。

若くて強かった私は、自分の家にたどり着くまで、泣かなかった。
若くて強かった私は、夜通し泣いてもきちんと会社へ行き、仕事をこなした。

何が正しくて、何が悪いのか。価値観は人それぞれ。

そもそも、人は自分の思い通りに動かない。
また、悪いと分かっていても、辞められないときもある。
そもそも、強いことが必ずしも正しく、弱いことが必ずしも悪いとは限らない。

私がそう気付くまで、気付けるまで、あと数年。

午前8時に約束をして、ラブホテルに行く

「横浜西口のビルが崩壊したんだって」

仕事終わりに見た彼氏からのＬＩＮＥでニュースを知る。

どの辺か気になって検索をすると、崩壊したビルの写真が出てきた。

そこは、大好きだった元彼に処女を捧げたラブホテルだった。

あの時私は高校3年生で、彼も同い年だった。彼とは面白いくらい性格や趣味が合い、

お互い強く惹かれあっていた。それはもう今まで馬鹿にしてきたような恥ずかしいラブソングの歌詞さえも私たちのためにあるかのような気がしてしまう程で、会える日が待ち遠しくて仕方なかった。

とにかく私は彼を心から愛していたし、彼もまた私のことを心から愛していた。

付き合って1カ月を迎える頃、彼は少し恥ずかしそうに頬を緩めながら「そろそろしてもいい？」と聞いてきた。

まだ処女だったけれど、彼に全てを捧げてもいいと本気で思っていた私は少し悩んだあと彼のお願いを受け入れることに決めた。

と言ってもまだ高校生だった私たちはお酒の勢いで、なんてこともできずにデートの約束をするようにホテルに行くことを約束した。

私たちは午前8時に約束をしてラブホテルに行った。

「夜遅くまではいられないから、だったら朝早く集合しよう」という高校生らしい可愛《かわい》い理由だった。

ラブホテルについたふたりはどこかぎこちなかったが、お互いの緊張が繋いだ手から伝わらないよう精いっぱい大人のフリをした。ホテルに行くのが初めてだった私は見慣れない豪華な部屋に終始興奮していて、遊園地にきたかのようにはしゃぐ私を見て彼は嬉しそうに笑っていた。

最初にお風呂にお湯を溜め、ふたりで一緒に入った。彼は大きな手で私の髪の毛からつま先までを丁寧に、優しく洗ってくれた。大好きな彼の指先が髪の間をすり抜けるたびに多幸感で身体が痺《しび》れた。溜めた湯船からふたり分のお湯が溢れていくように、愛《いと》しい感情が溢れた。

髪を洗ってもらっている間、目を瞑《つぶ》っていた私の後ろからシャワーに手を伸ばした彼に、そのまま優しくキスをされたときの感覚を今でも覚えている。あの時の私は紛れもなく世界で一番幸せだと言えただろう。

お風呂から出た私たちはまだ髪も乾かないうちに冷たいシーツに包《くる》まってキスをした。彼の唇が首筋を通って下がっていき、その度に身体が跳ね、心臓は今にも割れそうだった。

愛という見えないものがはっきりと目に見えるような気がして涙が出そうになった。

ひとつになったあと、私たちは息を切らして天井を見上げながら「卒業おめでとう」なんて冗談を言い合って笑っていた。

18歳の私たちにとっての世界は、確かにあのラブホテルの中にあったのだと思う。

けれどその彼とは卒業を間近にして別れてしまった。理由は生活のすれ違いにより彼の気持ちが離れてしまったこと。大学生になった私たちは別々の道に進み、会うことはなくなった。

あの時は喪失感で何も手につかなかったし、電車だろうが道端だろうがおかまいなく延々と声を上げて泣いていた。

別れて4年が経《た》った今も、私は彼のことをふと思い出しては泣いてしまう。

彼の匂いや指先、声、全てを忘れることができないままだ。

前を向くために付き合った今の彼氏のことも、元彼と比べてしまって苦しくなる。

「ビル崩壊したんだ、怖いね」

ハッと我に返って彼からのＬＩＮＥに返信をする。私にとって特別だったあの場所は、解体作業中にガラガラと物凄《ものすご》い音を立てて崩れたらしい。

青くて儚《はかな》い高校3年生の記憶も、一緒に崩れ去ってくれたらいいのに。

そんなことを考えながら、私は深く春の夜の空気を吸い込み、少しだけ泣いた。

馬鹿みたいに早い午前8時、

慣れないながら、精いっぱいリードしようとしてくれた彼。

初めてを捧げて、この人と結婚だってしちゃうんだとおもってた私。

あのラブホテルは、私たちの全てだった。

彼氏に抱かれながら、大好きな彼女を想いながら、私は処女を卒業した

高校1年生の冬、初めて女の子を好きになった。

同じ部活で、毎日一緒に下校していた。凄《すご》く仲が良くて、一緒にいて楽しくて、馬鹿みたいな話で盛り上がって。

私以外にも色んな友達から好かれてて、自慢の親友であり、憧れだった。

人として、友達としての「好き」が、恋としての「好き」に変わったのはいつからだろ

う。

移動教室の時の廊下、週に1回の全校朝会。朝の登校時の通学路。気がついた時には彼女の姿を目で追っていた。

違うクラスだった彼女とは授業終わりの部活でしか会えなかったから、暇さえあれば彼女の姿を探していた。

部活が楽しみで楽しみでしかたなくて、授業中はいつも彼女のことを考えていた。

こんな感情、今まで男の子にしか抱いたことないのに。

当時付き合って1年が経《た》つ彼氏がいた私には、彼女に対して抱いてしまった恋愛感情を素直に認めることが出来なかった。

私のことを愛してくれて、いっぱい好きって伝えてくれる大事な大事な彼氏。

どんどん彼女を好きになっていくにつれて、友達として接してくれる彼女に対する後ろめたさと、好きだと伝えてくれる彼氏に対する罪悪感で胸が押し潰されそうだった。

好きになってごめん。友達なのにごめん。

こんなに愛してくれてるのに、違う人を、それも同性の女の子を好きになってごめんなさい。

彼女も彼氏も裏切りながら関わり続ける自分がどうしようもなく嫌いでしかたがなかったけど、それでも、彼女に対する気持ちを消すことは出来なかった。


彼女を好きになって何ヶ月かが経った頃、いつも通りの帰り道。

ふいに彼女から、

「実は彼氏出来たんだよね」

と、報告を受けた。


「え、えっ！　マジか。おめでとう!!」

「ありがと〜!!　でさ、ちょっと恥ずかしい話なんだけど、彼氏と初えっちが上手く出来なくてさ。まゆか、彼氏と結構長いじゃん？　ちょっと相談に乗って欲しくて……」


目の前が真っ白になった。

彼氏。初えっち。

彼女に対して好きという気持ちを自覚した時から失恋はしていたけど、いざ彼女が恋をして、男子とお付き合いをしてるという事実は私の心をどん底に突き落とした。

やっぱり私は女で、彼女に気持ちを伝えることは出来なくて、たとえ伝えたとしても、彼女の恋愛対象は男で。

私がいくら好きで彼女を幸せにしたいと思っても、その役割は出来ないんだ、と。

彼女の相談には適当に相槌を打つしかなかった。

彼女に彼氏が出来て、初えっちも済んでいるというショックも大きかったが、私はまだ処女だったのだ。

行為自体が怖かったというのもあるけど、女の子を好きになった時点で自分自身の性別に対して嫌悪感を抱いていたから、もし男性としてしまったら自分は本当に女の子になってしまうような気がして、どうしても出来なかった。

彼氏はとても優しかったから、

「まゆかが怖くなるまで待ってるよ」

と、付き合って1年も経つのに待ってくれていた。


でももう、怖いとか、女とか、全部がどうでもよくなってしまった。

その日の帰り、私は彼の家を訪ねた。


「おっす」

「おお、いきなりどした？」

「抱いて」

「え？」

「ずっと怖かったけど、君のこと考えてたら会いたくなって、触れたくなったから来ちゃった」

そう言うと、彼はとても嬉しそうに私を招き入れ、ベッドへ促した。

初めて見せる体、初めて聞かせる甘い声。

あぁ、きっと彼女も大好きな彼氏にこういう姿を見せたんだ。
そしてきっと、彼女のそんな女の子として見せる声や表情は、たとえ私が彼氏と別れたとしても、彼女が彼氏と別れたとしても、私には絶対見せてくれないもので。

彼氏に抱かれながら、大好きな彼女を想《おも》いながら、私は処女を卒業した。

お前が先生だったらいいのに

「先生」

その存在を好きになってしまったのは、一体いつからだろう。昔から好きだった。初めてそれを好きになったのは、小学生の時。赴任してきた新任教師に一目惚れした。

わたしは大人が好きだった。上下1、2歳しか違わないような狭い世界の中で、親とも親戚とも違う、一番身近な大人であるその存在はわたしを魅了した。

高校生の時、他クラスの担任をしている既婚の教師を好きになった。その人の教科は嫌いだったけれど、授業はいつも誰より熱心に聞いたし、ノートも漏らさず取り、ちゃんと勉強した。普段から好きだ好きだと所構わずラブコールを送り、もう学年の誰もがわたしの好意を知っていたけれど、先生は冷たかった。こちらが恋慕の目で自分を見ていることを知っているからなのか、他の生徒には優しかったけど、わたしに対する態度はいつもそっけなかった。けれど相手は恋に燃える無敵の女子高生だ。

わたしはいくら冷たくされても、それすら好きで好きで、仕方がなかった。

好きになって2年経《た》った卒業前のある日、先生は受け持っているクラスの生徒でもないわたしを、わたしじゃない誰かでも済むような用事で呼び出した。呼び出された場所は机ひとつおけるくらいの小さな部屋で、先生はいつも通りの温度で用事を伝えたあと、部屋を出る時に後ろからポン、と頭を撫でた。

わたしからふざけて触れるようなことがあっても、先生から触れてきたことは初めてだった。

先生は他の誰にでも適切に距離を保っている人だと知っていたから、余計に、もうどうしようもなく好きだとしか考えられなくなって、帰り道で泣いた。

大人から見た高校生なんて、本当に子供で、そんなことは死にたいくらい分かっていた。頭ポンで泣いちゃうくらい嬉しいなんてこれもまだ自分が子供だからだって分かっていたけれど、また泣いた。

それから登校することも少なくなり、あっという間に卒業式を迎えた。

式では泣けなかったのに、号泣しながらそう言ったら、困ったように笑われた。その後しつこく粘って貰った連絡先の書かれた紙を握りしめて、卒業した。

「大好き」

先生は卒業した後わたしと2度出かけてくれたけれど、思わせぶりなことを言いながらもきちんとわたしとは距離を置き、何も起こらなかった。もちろん、彼は結婚しているので何か起これば不倫になってしまうから、それが当たり前だ。それでよかった。そのまま時だけが過ぎていった。

今まで人並みに彼氏はいたけれど、心のどこかで「先生」が好きだった。あの既婚教師がまだ好きなのか、「先生」自体が好きなのか。時が経ち過ぎて大人になったわたしはそれが分からなくなって、でもそれを確かめたくなった。

友達とふざけて入れたマッチングアプリで、たまたまプロフィール文に「都内で教師してます」と書いてあった男を見つけて、会ってみることにした。
待ち合わせに現れた男はマスク姿で、プロフィール画像にしていた顔と一致しているかどうかは分からなかった。男のねっとりした耳ざわりの悪い声に誘われて、家に連れ込まれた。マスクを外すと、不細工な顔が露《あらわ》になる。わたしをニコニコと見つめている。気持ち悪い。部屋にはクラス写真があり、〇〇先生へと書かれた色紙が置いてあった。

顔は詐欺だが、こいつ、本当に教師だな。

もう考えるのをやめよう。果たしてわたしは「先生」、その存在が好きなのかどうか、それだけを確かめよう。
大して美味《おい》しくもない酒を飲まされ、面白くない話をうんうんと聞いて、酒が回ってきた頃にキスしよう、と言われた。もうどうでもいいや、はいはい、と無感情でキスして、言われるがままに脱がされ、愛撫された。「気持ちいい？」と聞いてくるその醜い男にわたしは笑顔で「うん」と答える。心は曇る。

お前が先生だったらいいのに。お前が先生だったらいいのに。お前が先生だったらいいのに。

酒が回って目を閉じながら、頭の中でぐるぐるする言葉。なんだかそれしか考えられなかった。首も、背中も、胸も、内腿《うちもも》も、誰に触れられたいんだろう。本当は、その職に就いている人が好きなんじゃない。

心のどこかであの人と、いつか何か起こることを願っていた。誰と付き合っていても本当に欲しいのはあの人だった。

こんな風に奥さんに当たり前のように触れて、抱いている姿を想像してしまった。それと同時にうっと胃液がこみ上げてくるような嫌悪感を覚える。自分には絶対してくれることのないその行為を、いつも夢見ていたのだろうか。

高校生の時は、可愛《かわい》い出来事で一喜一憂していて、素直に好きだと思えていたのに。わたしは何て重くて、利己的で一方的な想《おも》いを抱き、それを知らぬ間に育ててしまったんだろう。ドロドロとした感情でいっぱいになってしまった、これは本当のわたしなの？

閉じた目から涙が零《こぼ》れる。

こんなやつ、あの人の代わりにもならない。

ハッと酔いがさめ、いざ挿入という段階だった男を振り払い、洗面所に逃げ込み、何度も何度も口を濯《すす》いだ。涙に気づかれないよう、顔も洗った。

慌てて服を着て家を飛び出し、その男の連絡先をブロックしたあと、先生に一言、メッセージを送った。数分で、返事が来た。

「来世はわたしと結婚してくれますか?」

「うん」

ねえ一緒に出かけた時、なんで指輪を外してきたの? そう文章を打ち込んで、また消した。返信することをやめ、アプリを閉じた。

わたしはまた、泣きながら帰路についた。

早く、死にたい。

だから、私は風俗嬢になった

朝、母から祖父の訃報を知らせる電話があった。すぐ実家の福島に向かうと伝えると、同様に一人暮らしをしている弟と合流して来い、とのことだったので、東京駅で待ち合わせることになった。

数年前から入院していた祖父がもう長くないことは随分前から知らされていた。また、生前の祖父は厳格で立派な人ではあったが、人嫌いの頑固者で距離もあった。それもあって、余り驚きも悲しみもなかった。それでもやはり、祖父の命日が初めて身体が売れた日と重ならなかったことに安堵した。

金に困っているわけではなかった。高給取りではないが、少し節約を意識すれば十分に暮らしていけた。物欲も強くなく、趣味もなかった。

ただなんとなく、もったいなかった。

性欲という事象と女体という物質があり、これには需要があるようだった。また、暇を減らし、欲に溺れることで、様々なことから逃げ出せるような気がした。

だから、私は風俗嬢になった。

初めての客は予想よりも優しいものだった。薄暗い、ベッドを置くためだけの部屋で、挨拶した私に許可を取り、恐る恐る私を抱き締めた。

服を脱ぎ、また抱き合う。まだ、何も始まっていないのに、背の割には大きめの性器がもうそそり立っており、互いにそれを笑う。そして、キスをした。

キスをすると、あっという間だった。うがい薬独特の臭いが唾液で流される。押し倒され、上半身がベッドに転がる。足が痛くなりそうで、身体を上にずらす。そのまま二重の垂れ目が充血しているのを見ていると、髪を梳《と》かすようになでられた。だから目を瞑《つぶ》り、首に腕を回した。

なぞり、舐《な》められ、甘噛《あまが》みをされる。揉まれ、つままれ、指を入れられる。ここ、好き？　こうですか？　これは平気？　ここ、いいですか？　指、増やしていい？　気持ちいいですね。うん、気持ちいいね。

作動音が聞こえるほど暖房が効いた部屋で、背中をなでる手は湿っており、息は荒い。けれど、時折触れ合う手と足は酷く冷たかった。

股を開くと、腐敗した果物のような臭いが塩素のような臭いとまじって、性器と性器が合わさると、ぐちゃりと音がした。尻を伝う液は生温く、性器は熱い。腰を動かすほど、臭いは強くなって、水音が激しくなって、喉から出る声を飲ませあった。様々な感覚が混在して、溶けるようだと思った。

弟は先に待ち合わせ場所に着いていた。新幹線発車まで時間があったので、改札外のベンチに座った。私が黙っていると、弟から話しかけてきた。

以前は単語しか話さなかったサッカー少年が政治経済を論じる男になっていた。違和感は覚えたが、黙って相槌を打っていると、徐々に私に色々質問してくる。話がいやな流れになってくるのを感じ、慌てて弟のほうに話をふる。

就活に打ち込んだ結果、半年でTOEIC800点を超えたこと、簿記2級に合格したこと。今も新しい資格の勉強をしていること。大手証券会社の内定を取れたこと。毎日来る母の電話を思い出し、口を動かしていたことで、笑って賞賛できた。弟はそれに気分を良くし、自分の苦労を語る。祖父の葬儀に向かうにもかかわらず故人に触れないことよりも、話を逸《そ》らせたことに安心した。だが、結局私の話になってしまった。

2度資格試験を落とした私への励まし、仕事を辞めたいと言った私への叱咤《しった》、私の将来についての追及。

全く連絡を取っていないのに、よく知っている。きっと母は多方面に相談しているんだろう。丁寧に磨き上げられた弟の革靴と爪先の塗装が剝がれかけたパンプスを見て、面倒という言葉を纏《まと》めて飲み込む。

よくある話だ。母親が娘に愛と自己投影を重ね、理想を背負わせるのも。2人目、しかも息子に甘く、監視の目が緩いのも。傲慢と言われようが、自分で考え、決定する男がひとかどの人間になるのも。母親が泣くからと言い訳し、全てを人任せにした女が社会に出てやっていけなくなるのも、当然の結果だ。

自分のことちゃんと考えてるの、辛いことがあっても逃げるな、何に悩んでいるの、もう大人なんだから現実を見ないと、何が怖いの、こんなに心配しているのにどうして黙っているの。

弟の言葉は母の電話にそっくりだった。『大丈夫』という言葉で線引きをしても踏み消されるが、それを繰り返すことしかできない。バッグ、スマホなど漁《あさ》られても問題ないことをさっと確認しつつ、昨晩のことを思い出す。

激しく穏やかな行為で壊されることはなかった。それどころかどんなに身体がどろどろに交ざっても、個は決して荒らされなかった。そこにはルールがあって、それを遵守していた。ルール以外でも視線と言葉が交わることで、境界を越えることなく尊重し合えた。

あそこに嘘はあっても、関係の名前はなく、愛もない。けれどもこの関係と比べると、どれほど道徳的で、自由で、情があるんだろう。

発車時刻が近づき、何とか話を終わらせられた。弟が先に買ってくれた切符を受け取り、自分の分を支払おうと財布を開く。中身を確認して、ふと思いついた。

「切符ありがとう。これ、内定祝いとして」

二人分の切符料金を受け取り、弟は戸惑いつつ喜ぶ。

「いいの？」

「いいよ、1万8千円ぽっちだけどね。早く行こう」

「え、さんきゅ。ラッキー」

いそいそと財布に仕舞う様子を見て、やっぱりお前はいい子だと言う母を思い出す。思わず、笑った。

ねぇ、達仁。それ、お前の姉貴の値段だよ。

わたしたち最初から
こういう関係がお似合いだったんだろう

「最初っからこういう関係がお似合いだったってことよ」

バイト先のクズで有名な先輩が、セフレから昇格した彼女が重くてまたセフレに戻った、と言っていた。

ただしんどいだけじゃんね、と先輩が耳打ちしてくるのにわたしはわざとらしく大きく頷《うなず》いた。

普通の恋人たちはある程度の期間付き合って、一緒に住み始めてしばらくするとセックスすることがなくなったとか、異性として見られなくなったとか言うけれど、わたしたちは逆だった。

セックスだけを残してそれ以外がまるっとなくなった。デートも外食も、一緒にソファで映画を観たりすることもなくなった。

仕事が終わったらそれぞれご飯を食べて、家に行く。30分くらい無言でテレビを観たあとは、自然な流れでベッドに入りセックスをする。

お風呂に入って、すぐに眠って、朝はそれぞれの出勤時間に合わせてバラバラに家を出た。

そんな関係が半年くらい続いた頃だったと思う。

セフレの家に泊まった日、昼過ぎに起きてランチを食べに外に出た。

映画を観て、欲しいと言っていたサボテンを探しに行った。

「このまま今日も泊まる？」

「うん、そうする」

恋人といるときより恋人っぽいことをしてる、と思った。

だったら、恋人なんて名前はいらないんじゃないか、と思った。

「わたしたちさ、セフレになるのはどう？」

思ったよりすんなり言葉にできた。

「え？」

「やってることは変わらないし、なのに恋人がいるって縛りだけつけられるのも面倒でしょ」

「……」

「セフレなら今までとすることは同じままで、遊び放題だしデメリットはほぼないと思うんだけど」

「好きな人できた？」

「ううん」

「できたでしょ？」

「ううん」


「絶対嘘だよ。すること一緒なら彼氏のまま彼女のままでいいじゃん。俺は一緒にいたいって思ってるよ」

「そうじゃなくて。ほぼセフレみたいなことしかしてないのに、恋人って名前がついてるからいずれは結婚したりするのかなって考えたりとか、記念日の度にプロポーズされたりするのかなってうっすら期待したりとか、するのが、しんどい」

自分でも想定していなかった言葉と涙がポロポロと溢れた。

そうか、わたしは彼女でいるのをやめたかったわけじゃなくて、自分だけ生き急いでるみたいで恥ずかしい彼女でいるのが嫌だったんだ。

「そんな、いや、ちょっと頭冷やすわ」

いずれは結婚も考えてるよ、とは言わなかった。

終電もなくて、ふたり同じベッドで眠った。

朝起きるとまぶたはパンパンで、涙が止まらないうちに眠ったせいで目やにもすごかった。


仕事中に連続でＬＩＮＥの通知が来た。


きっと言いたいことをメモに一回打ち込んでからコピペしたんだろう。

全部読んでも結論と言えるような核心を突く言葉はなかったけど最後に、君がお互いのためにはそれが最善だと思うならそうしよう、と書いてあった。


少しのプライドが邪魔して、やっぱりこのままでいよう、とは言えなかった。

ましてや、やっぱり一緒にいたいから考え直して、なんて言われてもないこの状況では。


午後休を取って、50分電車に乗って、朝までいた部屋の鍵を開けた。

歯ブラシと、メイク落としと、化粧水と乳液、タオル地の部屋着と、生理用品を紙袋に詰めた。

案外、容易に持って帰れるサイズの袋に収まってしまって3年間なんて所詮こんなものかと思った。

昨日の涙で表面がガビガビに固まった枕は捨てた。


今でも週に1回は会いに行っている。接し方も変わらないし、むしろ前よりもくだらないことを話す機会が増えた。

変化と言えば、セックスの最中に名前を呼んで好きだよとか愛してるとか言わなくなった。

でもほんとにそれくらい。


それからしばらくして、洗面台の戸棚に、使用済みのトラベル用の歯ブラシがひとつ置かれていた。

1回抱いた女の歯ブラシなら替えなんていくらでもあるんだから捨てればいいのに丁寧に取ってある。

わたしもまだ付き合う前に言われたことがある。

「歯ブラシこないだの置いてあるよ？」

きっと幸せにしたい子なんだろう。

入居者本人か不動産屋さんの承認無しではコピーができない仕様になっている合鍵を初めてポストに入れた。

恋人という名前を失ったわたしが、２つしかない鍵のひとつを持っている権利はないと思った。

わたしたち最初からこういう関係がお似合いだったんだろう。

お前、友達と舌絡ませんのかよ

25歳の夏まで処女だった。

彼氏なんてできたことなくて、仲良くなるとすぐ意識してしまうから、男友達と呼べるような親しい異性も身近にはいなかった。

高校生の頃からずっとそれがコンプレックスで、社会人になったタイミングで、周りには「長い間付き合ってきた彼氏と少し前に別れた」という設定を話すようになった。彼にもそう話していた。

彼は、社内の誰よりも若かったけれど、高卒入社だったから社内の殆《ほとん》どのメンバーよりも先輩だった。

でも、年齢を気にしてか誰に対しても敬語だった。もちろん、転職してきたばかりの私に対しても。

そんな彼は最近彼女と別れたらしい。

私と違って本当の話のようだった。

「なんて呼んでたの？　その子のこと」

と酔っ払った上司に聞かれて、少しだけ間を置いてから、

「ナナミだったから、なっちゃん」

と答えた。

敬語でしか話さない彼が、名字にさん付けではなく、あだ名で女性を呼ぶことがすごく新鮮で、やけに生々しく響いた。

その日の帰りに、彼と家が近いことが分かり、飲み会の帰りは一緒にタクシーに乗ることが当たり前になった頃、彼が飲み足りないから自宅で飲もうと誘ってきた。

ドキドキしながら、人生で初めて異性の家に入って、流れでそのまま同じ布団に入った。重なるか重ならないか分からないようなキスを何度かされた。

キスさえしたことなかったから、本当に唇が重なったか分からずに固まっていると彼もそれ以上は何もしてこなくなって、その日はそのまま朝まで眠った。

あれがキスなのか、彼がキスしてきたかどうか確信が持てなかった。


2度目はそれから随分経《た》ったころだったと思う。

飲み会に行く度、彼から誘われないかと期待しながら同じタクシーに乗り込んでは落胆する夜を、何度も何度も繰り返したあと、久々に彼から飲み足りないから家で飲まない？と誘ってきた。

今日こそはと腹を括《くく》ったのはそのタイミングだった。

だからまた一緒に布団に入って彼が唇を重ねてきたとき、強く押し返した。

合っているか分からなかったけれど、何度か唇を押し返すと彼の舌が私の唇を割った。深いキスをしばらく続けたあと、彼が胸元に手を伸ばして、

「続けていいの？」と聞いた。

考えるより先に、

「私のこと好き？」と言葉が出た。

彼が黙った。嫌な予感がした。言わなきゃよかった。


「……友達として好き」

お前、友達と舌絡ませんのかよ。


「ごめん」

と私を抱き寄せる。


ここで終わりなんて絶対嫌だ。

だって私はもう腹を括ってる。

彼の唇に、私はまた自分の唇を押し当てた。
何度か繰り返すと彼の手が私のTシャツを捲《まく》った。
それから先はあっという間だった。

全部脱がされたと認識するより早く指や舌が私の中で動いていた。
男の人は、片手だけで私の体を簡単に起こせることを、そのとき初めて知った。

痛みはなかった。
噂に聞いていた出血もなかった。

「キツくて動けんちゃけど」

と耳元で言われたとき、初めてなのがバレませんようにと強く思った。
こういう風に出しておけばいいのかな？　と思いながら声を出した。

朝になって、たっぷりの期待を込めて、玄関で靴を履きながら、
「私のこと、」と言いかけて言葉に詰まった。
少しだけ待ってから、彼は「じゃあね」と手を振った。

外はもう昼で、刺すような陽射しの中で夜の記憶をなぞった。

意外と体の感覚は残っていなくて、それよりも、顔にかかった髪をよける指の仕草や、強張る私に微笑《ほほえ》んだ目尻の角度、ぎゅっと引き寄せられたときの背中に込められた力が蕩《とろ》けそうに優しかったことのほうが、これからしばらく忘れられなさそうで苦しい。

微塵《みじん》にも気持ちがないことを全く信じられない自分に、私はこれから何度だって傷つくに違いない。

後の長い後悔と天秤にかけてそれでも優先してしまう一瞬が誰にでも存在するだなんて知らなかった。

きっと、またしばらくして彼にタクシーの中で誘われたら私は簡単についていくし、なんなら最初から、次を期待してタクシーに乗ると思う。

彼が私をあだ名で呼ぶことなんて、絶対ないのに。

俺より売れている俳優と飲みに行ったまま彼女は帰ってこなかった

当時、30歳の売れない俳優だった俺は1年間のセフレ関係を経て23歳の後輩女優と付き合い始めた。

誰と付き合う訳でもなくダラダラと遊んでいたのに、彼女の誕生日を祝わなかった時に物凄《ものすご》い罪悪感に苛《さいな》まれ「あ、俺はコイツが好きなんだ」と気が付いてしまい俺から告白した。

セフレの関係を1年も続けてしまったので初々しいスタートではなかったけど、共通の友人に「俺たち付き合ってます」と発表したり、祝ってもらったりで嬉しかった。

お互い、ドラマや映画に出演するようなレベルの俳優ではなく下北沢界隈の小劇場に出演し、それで得た少ないギャラと生活の為のバイトで毎日は忙しかった。

付き合い始めて1年。

彼女は同じ劇団のメンバーとルームシェアをしていたが色々な事情が重なりルームシェアを解散。

行き場所を失った彼女は六畳一間の我が家に転がり込んできた。

彼女の荷物が運びこまれた我が家は途端に狭くなった。

小さなちゃぶ台で食事をし、毎晩同じベッドで寝た。ガス代が勿体《もったい》無くて毎晩一緒にお風呂に入った。

些細な喧嘩はあったけど順調な交際だった。

こんな窮屈な環境でも一緒に過ごせる相手なんて今までいなかったし、身体の相性も良かった。

それからまた1年が経《た》ち俺は32歳。彼女は25歳になっていた。

未だに俳優の仕事だけでは生活が出来ず、バイト暮らしだったけど俺はプロポーズをすることにした。

クリスマスイブの日、四谷のイタリアンで食事をしながら「結婚してください」とプロポーズした。

婚約指輪なんて高価なモノは用意出来ず、2万円ぐらいのネックレスをプレゼントした。

彼女の答えは「ありがとう」だった。

プロポーズに対する明確な答えはなくプレゼントに対するお礼の意味の「ありがとう」だった。

それから4日後。

舞台で共演した俺より売れている男の俳優と飲みに行ったまま、彼女は帰ってこなかった。

一晩中連絡し続けても留守番電話。

翌日は朝から新宿の喫茶店でバイトの予定だった彼女。

何か事故にあったのかもしれない。携帯を落としてしまったのかもしれない。

連絡がつかないだけでバイトには間に合ってるのかも。俺は彼女のバイト先に行ってみることにした。


彼女は働いていた。


声を掛ける為に店内に入る。俺を見つけた彼女は気まずそうに目を逸《そ》らした。

レジでコーヒーを注文し、彼女がカウンター越しにコーヒーを出した。コーヒーを受け取りながら、

「昨日、浮気したの？」と聞くと何も言い訳せずに頷《うなず》いた。

俺はそのコーヒーをそのままカウンターに置いて店を出た。


相手の男の連絡先は知っている。店を出た瞬間に相手の男に電話し呼び出した。

彼女の仕事終わりは19時。それまでに相手の男とは話をつけておきたい。

俺は浮気相手の彼を18時に地元の喫茶店に呼び出した。テーブルを挟んで座り、俺の彼女と何をしたか全て聞き出した。


酒を飲んだ後にキスをしたこと。

そのまま新宿のラブホテルに連れ込んだこと。

夜と朝にセックスをしたこと。


しかし彼は既婚者だった。

2人目の子供が生まれたばかりで奥さんは産婦人科に入院中。その隙に口説けばやれそうな俺の彼女を誘い出したと。全て白状した。


俺は出来るだけ冷静に伝えた。

俺が奥さんにバラしたらどうなる？　離婚する覚悟はあったのか？　父親のいない子供達をどう思う？

狭い業界で不倫をして、俺の彼女の今後の仕事に影響がないとでも思っているのか？

彼は反省し謝罪した。

しかしこんなこと、初めてじゃないに決まってる。こんなピンチでも飄々《ひょうひょう》とやり過ごしてきたに決まってる。

でも俺にはどうでも良かった。今後、俺の彼女に手を出さないでくれたらそれで良かった。

彼は俺に「殴ってください」と言ってきた。

「俺、空手二段だよ？」と伝えると黙って俯《うつむ》いた。

その程度の覚悟か。反省してる風を装うだけか。

2人分のコーヒー代をレジで払い、店の外に出た。

「自分が浮気した女の彼氏に説教されてコーヒーを奢《おご》られて情けをかけられて、どんな気持ち？」と聞いた。

「本当に情けないです……」と彼は答えた。

プロポーズした数日後、俺より売れてる年下の既婚者に彼女を寝取られて情けないのはこっちだよ。

でもお前だけには俺の方が上だと思い知らせたい。やっぱり殴ってやろうか。鼻の骨や頬骨ぐらいは一発で折る自信がある。

いや、それじゃダサい。

もっと精神的に負かす方法はないか。俺は彼に言った。

「俺とキスしよう」と。彼は呆気《あっけ》に取られてた。

「お前は浮気した。その上、浮気相手の男に唇を奪われるんだ。その情けないエピソードを死ぬまで忘れずに生きていけ」

そして俺はむりやりキスをした。

死ぬほど嫌そうな顔をしながら相手の男は受け入れた。相手の男はそのまま帰っていった。

もうすぐ彼女のバイトが終わる。俺は地元の駅で待ち、この1時間に起きたことを彼女に話そう。

俺は彼女を許すつもりだ。２年間ちゃんと付き合ってきて数日前にプロポーズまでした。それが浮気相手との夜と朝の２回のセックスで終わってたまるか。

改札の向こうから絶望したような表情で彼女が歩いてくる。あまり寝てない上に朝から働き、仕事中に浮気を彼氏に告白し、そのまま働き続けたらあんな顔になるのか。

でも許そう。
間違いは誰にでもある。
彼女が俺の目の前に来た。
俺は出来るだけ明るく「おつかれさま」と声をかけた。
彼女は「もう別れよう」と言った。

好きになりすぎちゃいけない、彼もそのうち私を裏切るんだ

「私、結婚したくないの」

付き合いはじめてすぐの頃に、結婚願望のある彼に言い放った。私の家庭は歪《ゆが》んでいて、どうしても結婚して幸せになれる未来が見えなかった。だから彼に選択肢を与えるために、早いうちに伝えておかねばと思った。振られるかもしれないと覚悟していた。

「今はいいよ。絶対変えてみせるから」

予想外の答えだった。嘘つけ。男は絶対裏切るんだ。あんなに父を信頼していた母を、息をするように嘘をついて父は母を裏切ったんだから。いまだに母を泣かせた父もあの女も憎くて堪《たま》らない。

そうやってきっと彼もそのうち私を裏切るんだ。好きになりすぎちゃいけない、いつ裏切られてもいいように心の準備をしておかないと。

そう思ったあの日から、気付けば3年経《た》っていた。

おかしいなぁ、絶対ボロを出すと思っていたのに。

少しでも疑わしいと思ったらすぐ問いただして、位置情報もチェックしているような女なんか、すぐ愛想を尽かすはずだと思っていたのに。

そんな女に彼は飽きることなく、3年間ほぼ毎晩電話をかけて、その日あったことを楽しそうに話してくれる。会う度に「今日もかわいいね」「大好き」と伝えてくれる。メイクやネイルを変えればすぐ気付いてくれるし、服を新調すれば似合ってると笑いかけてくれる。喧嘩した日も、彼が会いに来て「ちゃんと話し合おう?」と、仲直りの手を差し伸べてくれる。当然と言わんばかりに私との未来を嬉しそうに語ってくれる。
優しくそっと触れる手も、愛《いと》しそうに見つめる眼差しも3年間途切れることは一度だって無かった。

どうして私なんかのことをそこまで想《おも》ってくれるの？
私は自分が傷つかないように貴方《あなた》のことをいつか裏切るはずだと決めつけて、好きになりすぎないようにしなきゃ、信頼しちゃダメだとかずっと隣で考えていたような女なのに。

ああ、もう私の負けだ。
あんなに気を付けていたのに、いつの間にかこんなにも貴方のことが大好きになってしまった。
いつの間にか貴方との未来を想像するようになってしまった。

あの時の宣言通り、私は変えられてしまった。

もし貴方が生涯の伴侶にまだ私を選んでくれるのなら、あの頃と違って私は喜んで貴方の手をとるだろう。
まだ少し怖いけれど、貴方はもう一度人を信じたいと思わせてくれた。
私を変えてくれてありがとう。

「仲良くなりすぎたね、俺たち」

彼は出会ったときから変わった人だった。

そんな彼の変わったところが好きで、彼によく話しかけていたらいつの間にか私には心を許してくれて、私にだけ本音を話してくれるようになった。

いつからか私は彼に想《おも》いを寄せていたが、関係が壊れることが怖くてなにもできなかった。

出会って4年目。彼と違う町に暮らすようになり、違う学校へ通った。

会うことは年に2回ほどになったのにもかかわらず私たちは年々仲を深めていった。

会ったら話していたのがＬＩＮＥをするようになり、彼が話をしたいタイミングで長電話もするようになった。

彼を励ますのも、彼のダメな部分を受け止めるのも、彼が欲しい言葉をあげるのも、彼が思い切り自慢話をできるのも私だった。

私はいつでも全力で彼に尽くした。彼が大切で大好きだったから。

彼とは付き合わない代わりに他の人を好きになったりしてみたが、その人との電話より彼との電話を優先してしまう。

彼は素の自分でいられる異性は私だけと言った。心の底から嬉しかった。

出会って6年目のある日、電話で彼は言った。

「3年前、お前が好きだったんだよなぁ」と。

なんで、今更そんなことを言うのか。

こんなにどんどん特別仲良くなっていられてるから、

これでいいのだと言い聞かせて他の人を好きになったりしていたのに、

なんで今更そんなことを言うのだと思った。

「私も好きだったのに。こんないい子捕まえられなくて残念だねー」

と笑いながら強がるのが精いっぱいだった。

でも私には誰よりも彼に尽くしている自信、誰よりも彼を知っている自信、誰よりも彼を大切に思っている自信がある。

そして7年目の今年。私たちは一線を越えた。

一人暮らしの私の家へ彼が遊びに来て、私たちは自然とお互いを求めた。

私にとって彼に求められたことは嬉しくて仕方がなく胸の高鳴りがバレないよう自分を落ち着かせることで必死だった。

求め合う時間は本能のままだった。

時間が過ぎてほしくない、このままずっといたい、私だけを求めてほしい、愛《いと》しい。

そんな感情で私は溢れかえってずっと彼を強く抱いて何度も何度もキスをした。

「キスしすぎ」と笑って言う彼の顔や私を愛おしそうに見る彼の眼は今でも忘れない。

私たちはそこらの恋人なんかよりずっと幸せで溢れていた。

それからの私たちは今まで以上に近くなった。

彼が電話をかけてくる頻度が増えたし、今まで以上に彼は本心を見せてくれるようになったと思う。

でも、私たちは付き合っていない。

「仲良くなりすぎたね、俺たち」

それからしばらくしたある日の電話で彼は言った。

彼は笑って言ったけど、私には笑えなかった。

電話で言ってくれてよかった。面と向かって言われていたらちゃんと笑えた自信がない。

そしてついこの前、彼は初めて私に聞いてきた。

「いつも俺は何もしてないのに、なんでこんなに俺に尽くしてくれるの？　俺のことどう思ってるの？」

ようやっと聞かれた。初めて聞かれた。

ずっとひとりで考えていたことだからその答えはすぐ返せる。

「私にとってあなたは誰よりも大切で、友達より好きな人より大切で、大好きで愛しくて失いたくない人だから」

関係は壊したくない、けど私の思いは伝わってほしい。そのギリギリ。

すると彼はありがとう、に続けて、

「俺にとってお前はなんでも受け入れてくれるありがたい存在で安心できるところだ。だから老後はお前と過ごしたい。でもそれまでは安心を求めてないんだ」

と言った。

なんて、なんて残酷な人なんだ。

私の中にあるありったけの愛しい気持ちを伝えてみたら、別に今はそれを求めていないと言うのだから。

でも私はこの言葉へのショックよりも、老後は私といたいと言ってくれたことへの嬉しさを嚙《か》み締《し》めていた。

私にとって彼の発言はなによりも大切なものでこんな言葉でも最高に嬉しい。
私にとって彼はなにをしようとなにを言おうと大切で愛しい人なのだ。

彼を超える人なんていないとわかっている。
きっと私は2番目に大切な誰かと結婚する日が来てしまうのだろう。
老後まで待てない私にとって最初で最後の彼への反抗。
でも、でも密《ひそ》かに静かに、ほとんどのぞみのない期待を持って待っている。

「お前が好きだ」
と彼が捕まえてくれる日を。

あなたがあの子を思う気持ちなんか、私のあなたへの想いに比べたら悪いけど敵じゃない。

私ほど、あなたを思う人なんてこの世のどこにもいないと気づいて。
私ほど、あなたを大切にできる人なんてこの世のどこにもいないと気づいて。
私ほど、あなたを幸せにできる人なんてこの世のどこにもいないと気づいて。

私が誰かのものになる前に、お願いだから気づいて。

シングルマザーと大学生

2つ年下の君とは17歳の時一度付き合いそうになった。付き合いそうになった、だけだから付き合ってない。

理由は私が君の親友の元カノだったから。10代の頃のそういうしがらみは面倒くさいけど、当時の私には大きな理由だった。


それから6年、私はシングルマザーになっていた。5つ年上だった旦那とは妊娠中に不倫されて別れた。

もう子どもがいればいいや。結婚なんて懲《こ》り懲《ご》り。

まだ23歳の私は年に似合わない考え方になってた。

たまたま君と再会したのは、離婚してから1年後。

昔好き同士だったからまたお互い好きになるまで、時間は全然かからなかった。

告白された。だけど最初は考えられなかった。


「私、子どもがいるんだよ？」


そう私が返すと大学生になっていた君は、まっすぐな目でこう言った。

「好きになった人にたまたま子どもがいたってだけ」

6年前より背がとても高くなった。顔つきも男の子から男性になっていた。キュンとしない理由がない。

君と6年越しに付き合えた、夏の日。


付き合うのは楽しかった。

いつも年上とばかり付き合っていたから、年下の君との交際は新鮮。

甘えてくれたり、嫉妬してくれたり、忘れていた「恋愛」の感情。

懐かしかった。ずっと浸《ひた》っていたいと思った。

君の前で少しお姉さんぶるのが楽しかった。


初めてした日、君が経験が少ないのはわかってた。

中に君のものが入ってきた。久々に感じるこの感覚。正直ちょっと下手くそだから痛かったけど、その痛みさえ愛《いと》しかった。

君が辛そうに我慢する反応を見るのが好きだった。


終わりは早かった。

付き合って3か月後の冬。


「このまま付き合っててもし将来結婚しなかった時、子どもが可哀想」

「そのことを毎日考えて、不安になってしまう」

「不安なまま付き合うのが辛いし怖い、ごめん」

そりゃそうだよ、君はまだ21歳の大学生。

わかってたよ、真面目な君はいつかそうなるだろうなって。

「結婚なんて私も考えてないよ、今からそんなこと考えなくていいよ」

でも私だって別れたくない。わがままかもしれないけど。公園で7時間話した。

君も本当に別れたくなかったんだろう。お互い泣いた。

その日はまた考えるからと話は有耶無耶《うやむや》になったが、その夜君に抱かれるのが辛かった。

寝顔を見て泣いた。別れたくないよ。

それから2週間。距離を置いた。

会わなかったし、前は頻繁にしていた電話も一切しなかった。

決定的な別れの言葉は、私から言うしかなかった。

言いたくない。でももう悩ませたくない。

別れたくない。ずっと一緒にいたい。

「今までありがとう。楽しかった！」

そう言って終わった。


悔しかった。普通に付き合えないことが。

シングルマザーは再婚を意識した付き合い方しかしてはいけないの？　私に母親の自覚が無さすぎた？

子どもがいるなんて最初からわかっていたことじゃん。なんで今更。

いろんな感情がわいてくる。


別れてからもう会わない、お互いそう決めたのに結局会ってしまう。

デートもしてしまう。身体の関係も持ってしまう。好きとも言い合う。

他の人とエッチしないでねって約束もしてる。

「これって付き合ってるのと変わらなくない？」

本当はそう聞きたい。
でも聞いたら君に二度と会えない気がして。

いつ消えてもいいような気軽さがないと私たちの関係は保てない。
子どものことも、過去のことも感じることのない距離を保たないと、また遠くに行ってしまうから。

だけど今はこれでいい。
永く続くものではなくても、そばにいたいから。

あの夜、あそこにいるのは私でなくてはいけなかった

「今日家に来れない？　久しぶりにヤりたい」

どう考えても、誰でもいいことを隠しもしない誘い文。私に会いたいわけではない。挿入できる穴がほしいだけだ。

彼は、私が初めて、出会ってすぐ体を重ねた男の子だ。

クラス内カーストの上位に当たり前のようにいたんだろうなという第一印象だった。運動部で、人望もあり、成績もよく、おそらくモテてきたんだろう、そこそこ有名な大学を

出て、そこそこ良い会社に入って、仕事はとてもやりがいがあると笑っていた。順風満帆に見えた。同い年だけど、私とは正反対の人生を送ってきているように見えて、羨ましかった。

彼とは2回会って行為をしたけれど、当時の私は都合の良い女の振る舞い方というものを知らず、面倒がられて、彼とはすぐに連絡がとれなくなった。

私は彼への気持ちを消すために、彼のSNSを全てのアカウントからブロックした。LINEは踏ん切りがつかずブロックしたり解除したり。最後は解除していたらしい。それすら忘れるくらいには、ずいぶん遠い話になっていた。そのあと、ずいぶんたくさんの男の人と寝るはめになっていたから。

無視しなくてはならないと思った。男に良いように使われている自分に嫌気がさしていた頃だったから。これ以上不幸に自分を浸《ひた》らせないように、無視してブロックしなければ。

でも、結局、夕方になって、

「会おうかな」と返信している私がいた。

鬱病のカウンセリングのため、彼の最寄り駅方面に向かわなければいけない、ということとを自分への言い訳にした。私の家から彼の家は電車でも2時間はかかる。遠い道のりだ。家に帰るのもめんどうだ。言い訳は無限にわいてきた。

数ヵ月ぶりに会う彼は、髪型以外何も変わっていなかった。髪だって、ちょっと伸びたかな、くらい。何にも変わってなかった。

もう、好きとかそんな考えで相手を見ることはなかったから、テキトーな会話をして、無駄にケラケラ笑って、すぐに胸を触られて、嫌がるふりをして受け流す。

「お風呂だけは入らせて」

強気でいかないとすぐ私の役目は済んでしまうから、できるだけ引き伸ばす。

なんだか彼はちょっと混乱しているみたいに見えた。

お互いシャワーを浴びたあと、とりあえず口で彼のものは受け止めて、休憩してる間、話をした。

本当は今日は仕事で、初めて嘘をついてズル休みしてしまったこと、明日も行ける気がしないこと、最近自分じゃないような行動をとってしまうこと。

いつも通り飄々《ひょうひょう》とした話し方だったが、内心落ち込んでいるのがよくわかった。

「仕事辞めたい」

「精神がおかしいかもしれない」

ポツリと呟《つぶや》いた言葉が、笑い話にできるものではないことは明白だった。

そのあと、どうも行為をする雰囲気にならず、深夜だったけど、映画を観ることにした。

なんとなくで最近観て良かった映画をおすすめした。

彼は、結構感動したみたいだった。

「自分なら絶対見ない作品だから、観られて良かった」と言って、そのまま、セックスすることもなく、私に抱かれて彼は眠りについた。

私は彼の気持ちがわかる気がした。肌を合わせたいんじゃないってこと。ただどうしようもないこの気持ちを、伝える相手も術もないから、一時の快楽で紛らせようとしていただけだと。

私は、今日私に連絡が来たのは奇跡だと思った。それか、運命だと思った。

今の彼を受け入れ、励まし、落ち着かせる役目は、私にしかできないという自負があった。伊達《だて》に鬱病と付き合ってきていない。

私は彼に、本当に病気になってしまう前にできることはたくさんあると伝えることができた。一般的に精神科はハードルが高いようだけど、風邪をひいたら病院で薬をもらうように、精神だって、おかしいなと思ったら病院にいくのは変なことじゃないと。

彼が愛《いと》しかった。人間らしい面を私に見せてくれたことが嬉しかった。私は喜んで私を利用させようと思った。できればセックスではない方法で、彼を安心させ、物事を整理させるきっかけを与えたいと思った。セックスでは、虚《むな》しさを残してしまうから。

私は私の母が幼い頃にしてくれたように、寝ている彼の背中をポンポンと叩いたり、頭を撫でた。

あなたはじゅうぶんがんばっているよ、大丈夫だよ、えらかったね。

彼との関係がこれによって変わることなどないと思う。朝彼の家のドアを閉めて、もう永遠に会うことはない。それでいいと思う。

ただ、あの夜、あそこにいるのは私でなくてはいけなかった。それはどんなことよりも、嬉しくて、誇らしくて、大事なことだった。

彼以上なんていないのに、彼が最後が良かったのに、私を最後にしてほしかったのに

こんなにも大事にされたことはなかった。

キープにされたり、思わせぶりな態度で弄《もてあそ》ばれたり。今までそんな恋愛しか知らなかった。

出会ったその日、私が彼に気づくよりも先に、彼は私を見た瞬間好きになってくれたらしかった。彼からアプローチされ、好きになり、付き合って。彼は、代わり映えしない色のない私の毎日を、たくさんの幸せで染めてくれた。

きっと私も、出会ったあの日から彼に惹かれていたんだろう。

周りからすればバカな女に映っていたかもしれないけれど、本当に本当に毎日毎分毎秒大好きになっていった。彼のことが大好きだった。彼といる時の私が好きだった。彼に呼ばれる自分の名前が一番好きだった。彼さえいれば良かった。

本当に大好きだったから、幸せだったから、同じくらい失うことが怖かった。

付き合ってからも、今まで大事にされてこなかったから、私が好きだと伝えれば彼は飽きてしまうだろうか、重いと思われるだろうか、そう思ってなかなか自分から気持ちを言葉にできなかった。

それでも真《ま》っ直《す》ぐ私のことを思ってくれた。

たくさん愛を伝えてくれる彼がどんどん好きになった。

私が知る人の中で一番優しくて、喧嘩もなくて、いつも一緒にふざけあって、毎日が楽しかった。

1日に何件もLINEのやりとりをしたこと。バイトで疲れた日、どうしても彼に会いたくて夜遅く会いに行ったこと。お互い次の日早いのに、なんて言いながら夜中まで電話したこと。初めてを捧げあったこと。ふたりで少しだけ遠くに旅行したこと。手を繋いで歩いたこと。一緒に買い物をして、ご飯を食べて、テレビを見て、お泊まりをして。

こんな幸せがずっと続けばいいと思った。今までは失うことが怖くて飛び込めなかったけれど、彼なら大丈夫だ、彼とならずっと一緒に笑っていられると思った。彼ならどんな私も受け入れてくれる、彼のことなら全部受け入れられると思った。彼が大事にしてくれていることに気づいていたから、私も大事にしてきた。安心しきってしまっていた。

彼の気持ちが少しずつ離れているのは感じていたけれど、気のせいだと思いたかった。信じたくなかった。見て見ぬフリをしていれば、優しい彼は別れを告げないでくれると思った。ずるい女だから、まだ一緒にいて欲しくて、気づいていないフリで彼を愛し続けた。

でもそれがダメだった。

彼は私の気持ちに応えられないからと、別れを切り出した。私が傷つく言葉も言わないでくれた。縋《すが》ってしまう惨めな私に、ずっとちゃんと好きだったと言ってくれた。最後まで優しかった。私の好きな優しい彼のままだった。

別れてからも何度も彼を思い出す。大事にされていた日々が懐かしくて、その頃の私が羨ましくて、戻りたくなる。もう一度彼に名前を呼んでほしい。抱きしめてほしい。手を繋いでほしい。他愛《たわい》もない冗談で一緒に笑ってほしい。また前みたいに。

彼と過ごした毎日が幸せすぎて、この街には彼との思い出が多すぎて、また色のない生活に戻ってしまった私には、この街で過ごすこと自体が辛くて堪《たま》らない。嫌になるほど通いなれてしまった彼の家までの道も、一緒に手を繋いで歩いた道も、なに食べたい？　なんて話しながら買い物したスーパーも、待ち合わせ場所にしていた信号も、全部思い出すたびに泣きたくなってしまう。

忘れたくてバイトを増やしても、疲れるとどうしようもなく彼に会いたくなってしまって、逆効果だった。
家を一歩出てしまえば、どこかで彼に会うかもしれない、彼の友人に会うかもしれないと思うと怖くて出られない。でもいつもの道を通れば彼に会えるかもしれない。会いたくて会いたくて堪らないのに会うのが怖い。

もう戻れないことも分かっているのに、まだ縋ってしまう。もう連絡しないから、なんて強がったけど、彼のトークを開いては閉じてを繰り返して、写真を見返して、思い出に縋っている。

これから先、いつか彼以上に好きになる人に出会えるだろうか。彼も私以上の人に出会ってしまうだろうか。
彼以上なんていないのに、彼の次なんていらないのに、彼が最後が良かったのに、私を最後にしてほしかったのに。

私を大事に、特別にしてくれたように、また他の子を大事に、特別に思うかもしれない彼の未来が怖い。彼との思い出が増えすぎた街の、彼との思い出が増えるはずだった部屋で、彼との思い出に縋る私を、もう一度好きになってほしいなんてわがままで惨めな女をもう好きにならないことなんて、分かっているのに思うことをやめられない。

戻れるのなら、付き合う前に、こんなに好きになる前に、出会う前に戻りたい。大切にされる喜びを、特別になる幸せを、別れの辛さを知るくらいだったら、彼に出会いたくなんかなかった。ずっと色のないままでいたかった。

彼に染まった私を、これから色褪《いろあ》せていく私を、誰が好きになってくれるというのか。染めたのであれば、ずっと染め続けてほしかった。彼のそばで染まり続けたかった。

風俗嬢まりんの性愛テクニック講座

「いきなり咥《くわ》えたりしないで。焦《じ》らしのない愛撫は色っぽくない」

「男の人が〝もう我慢できないよ……〟って呻《うめ》くまで、紙一枚ぶんの薄さをはらんだ指先と舌先で遊んであげるの」

スマホの画面には、はるか縁のない文字群が、強烈なインパクトで光っている。

夏の旅行先の、薄暗い年季の入ったホテルのロビーで〝風俗嬢まりんの性愛テクニック講座〟なるブログを目玉を転がすように読み進めている。

誰にも見つからないように、こっそり、夫と5歳の息子が海で遊んでいるうちに。

「最近私たちしてないよね。セックスレスっていつからそう呼ぶのかな」

そう夫に話しかけたのは旅行に出かけるつい2週間くらい前のことで、投げかけた性の会話はあらぬ方向へ転がっていった。

私たちは仲が良い。

その代わりの副作用として色っぽい空気は蒸発している。いつものキッチンでの深夜のおしゃべりは、夜気が濃くなるにつれてどんどん剝《む》き出《だ》しになっていく明るい性の本音を連れてくる。

そのうちに女の人は男の人の精液を口で受け止められるかという話になり、夫含め全ての関係を持った人に一度もさせたことがない私は愕然《がくぜん》とした。

夫いわく、結構平気なんじゃない、と。

君が潔癖なのは知っているし、セックスもあんまり積極的じゃないタイプだからあえてやらなかっただけだよ、と。

「ゴックン。おいしい……」のような、どう考えてもその感想はおかしいとしか思えない、男性のファンタジーを叶えるＡＶシーンのみに有効な技巧だと信じていた私は、多くの女性が口内射精を経験済みなのではないかという驚きと発見と焦りに目を丸くした。

自分で気が付かなかっただけで、私のセックス技術レベルはとてつもなく低いのではないか。

それはつまり、優しさと気遣いから今まで口に出さなかっただけで、夫は私に満足していないのではないか。

浮かぶ疑念。よぎる不安。

きっと、夫の元彼女達はみんな当たり前にしていたのだ。口内射精どころではなくお互いがお互いを貪るような湿度の高いセックスを、夫は結婚してからずっとしていないのではないか……もし、私を裏切っていなかったら。

今までの人生で全て受け身だった私は何をどうしていいのかわからず、こっそりと風俗嬢まりんのブログで色っぽい仕草とタッチを学び、Ｔａｒｚａｎのセックス特集で男性器のＡｔｏＺを学び、ａｎａｎのオトコのカラダ特集で気分を高めた。それも旅行中に。

ホテルの外には日差しが溢れていて潮風がヤシの葉を揺らしているのに、私だけが夏から置いてけぼりになっている気がした。

セックスレスになりかけの倦《う》んできている夫婦関係のなかで、潔癖さと消極さを混ぜて固めた自我を脱いだら夫は呻いてくれるんだろうか。

もやもやしたまま旅先での日々は過ぎて、ひとしきり座学を終えた私と何もしらない夫と息子は夏の旅行から帰り、いつもの家のいつもの寝室で休んでいる。旅疲れた息子はベッドでぐっすり眠っている。

誘い方はブログで散々勉強してある。

シャワー上がりの夫は、眠そうに布団にもぐった。
私は同じ匂いのする身体をスルッとその背中にくっつけた。私の鼻の先には切り揃えられた黒いえりあし。流れてくるのは、日焼けで赤くなった夫の首すじの熱。

どうしたの？　いつもより近いね、と夫が笑う。
私から誘ったことは、今までほとんどない。
どうもしないよ、と小さい声で答える。

痛そうだね、と言ってからそっと舌を出して、ぺろっと熱っぽい赤いうなじを舐《な》めた。
いつもの石鹸《せっけん》の匂い。あつい肌。

「くすぐったい……」

「……ヒリヒリする？」

そう言って夫の首すじを唇でなぞる。

ちゃんと紙一枚の薄さを残して。

これで手順は合っているのか不安でどきどきしながら夫のパジャマの下に左手を入れて、爪先を立たせた指で乳首を優しく引《ひ》っ掻《か》いてみる。そのままお臍《へそ》を指の腹でなぞる。そうやって耳の裏からゆっくり、ゆっくり、下腹部まで焦らした。

本当にどうしたの、とほとんど呟《つぶや》いた夫の声は掠《かす》れている。胸が上下して息が苦しそう。

ねぇ、気持ちいい？　夫の全身をもったいぶって撫でている私だけがパジャマを着たまま、夫のおなかの上に乗る。今まで組み敷いてきた妻に、組み敷かれるのはどんな気持ち？　ここ、まだ？　って思ってる？　後ろに少し下がって、下着の上からひとさし指の爪だけで硬くなっているところをそっとさする。さっきよりずっと苦しそうな夫の息が聞こえる。何度か腕を摑まれてもういいよ、早く、と言われたけれど、だめ、もっと触りたいの、と言って、ようやく口に含んだ。そこからは早かった。もう我慢できない、と言った夫は力づくだったから。

「本当に今日はどうしたの」

ぐしょぐしょに果てたあと、夫が聞いた。

「あのね、今日は私、まりんちゃんだったんだ」

「え？」

「いつもの私じゃなくて、まりんちゃんになったの。風俗嬢の。ブログで読んでどうやってするのか勉強したの。プロになりきったら何でも色っぽくやれるかなって」

鳩が豆鉄砲を喰《く》らったような顔をした夫はひとしきり大笑いしたあと、何それ、イイね、と今度は泣き笑いし始めた。

それから、次はいつまりんちゃんは来てくれるの？　とにやっと言った。

「俺、いつもの君も好きだけど、たまにはまりんちゃんに会いたいな」

それから半年経《た》ったけれど、あれからたまに、

まりんちゃんは我が家の寝室にやってきている。

出会って10年目、夫の不倫に気付いてしまった

出会って10年目、夫の不倫に気付いてしまった。
確かに仲は良くなかった、と思う。
価値観も違う、かもしれないし、喧嘩ばかりだった気がする。
それでも、そういうことはしない人だって信じてたから、あんまり細かいことは気にし

ない私も、いつの間にか食べられなかったり寝られないくらい、なんかカッコ悪いただの弱い女になってた。

彼と出会ったのは、そんな時だった。

落ち込む私を励まそうとしてくれた親友と久しぶりにバーで飲んでいた時に、隣のボックスに座っていたグループに声を掛けられた。

「一緒に飲みませんか」と言われたのはいいけれど、彼はどう見ても若かった。22歳だった。当の私は31歳で夫に不倫されたダサい女。いくらなんでも無理があるなと思ったけど、無理があるからいっか、とも思った。

この時間だけ、楽しい時間だけを過ごそうと思って、若者とはしゃいでしまった。ヤケ酒と言われればそうなのだけど、素直に楽しかった。

見るからにヤンチャそうなグループで、みんな可愛《かわい》いなと思った。その中で彼は、人当たりが良くて誰からも好かれそうな、いわゆる「いい子」から外れない、そんな子だった。ひとしきり飲んだ頃に「いい子」の彼から連絡先を聞かれた。ただの「いい子」だし別にそのくらいいいか、と思って連絡先を交換してその日はすぐに帰った。

それから、なぜか毎日彼からLINEがくる。

最初はこの子は一体どうしたんだ、くらいに思ったけど、とにかく不思議なくらい波長が合った。好きなものや考えてることがびっくりするくらいに一致して、ふたりでよく笑った。気付いたら、おはようからおやすみまで付き合いたての中学生みたいに、やりとりを重ねていた。

そんな日々を過ごしていたら私はいつの間にかちゃんと食べられるようになったし、よく寝られるようになっていた。元気がないときに「元気なさそう」とすぐに気付いてくれる、9個も年下なのにそんなことはすっかり忘れてて、頼れるお兄さんみたいな彼だなと思った。

いつしかどちらからともなく「会いたい」と言うようになり、ご飯を食べたり一人暮らしの彼の家に行ったりもした。だけど何もなかった。何もしなかった。何かしたら終わってしまうことを、ふたりともわかってた。

「気の合う友達ですよね」って「いい子」の彼は言った。「元気でいてくれれば、笑ってくれればそれでいいです」って事あるごとに言っていた。一緒にいるだけで、話しているだけで、お互いの幸せを願うだけで十分だった。

なのに。私は、そんな彼に触れたいと思ってしまった。優しい彼に、抱かれたいと思ってしまった。いつも家に行っても何もしないのはわかっているから、家で飲んで酔ったフリをしてキスをしたのは私からだった。彼は「どうしたんですか」って一応言った。一応、言ったけど、ふたりで今までの全部が溢れるセックスをした。

キスをするだけで、こんなに優しくて、こんなに気持ちいいんだ、と思った。無責任に「好き」なんて言えないから、全部全部セックスで表した。大事そうに愛《いと》おしそうに丁寧に抱きしめてくれる彼に、泣きそうになった。

幸せな時間を過ごした後、私は夫のいる家に帰った。どこ行ってたのと言われ、すごく雑なキスをされた。ゴツゴツした手で顎をつかまれた。髭《ひげ》が痛くて、ちょっとおじさんの匂いもした。無理やり舌を口の中に全部突っ込んできて、嫌なキスだなと思った。いつから夫はこんなキスをするようになったんだろう。

気付かなかっただけで、最初からこんな自分勝手なキスだったかもしれない。

そんなことを思いながら、彼の連絡先を消した。

ずっと「いい子」でいるんだよ。幸せになってね。

2019年10月、誰にも言えないバンドマンとの恋愛について書かれた1件の体験談からスタートし、2021年9月現在、投稿された体験談は約16000件を突破。純猥談を元に製作した短編映画はYouTubeで1000万回再生を記録。自分にもあったかもしれない、誰かの性愛にまつわる体験談をコンセプトに投稿されたストーリーを様々な形で展開中。

Instagram　@jun.waidan
Twitter　@junwaidan
公式サイト　https://junwaidan.me
tiktok　@jun.waidan

この作品は、webサイト「純猥談」に投稿された体験談を
加筆・修正し収録したものです。

純《じゅん》猥《わい》談《だん》

私もただの女の子なんだ

二〇二一年九月二〇日　初版印刷
二〇二一年九月三〇日　初版発行

編　者　純猥談編集部
発行者　小野寺優
発行所　株式会社河出書房新社
〒一五一-〇〇五一
東京都渋谷区千駄ヶ谷二-三二-二
電話　〇三-三四〇四-一二〇一（営業）
〇三-三四〇四-八六一一（編集）
https://www.kawade.co.jp/

組　版　株式会社キャップス
印　刷　株式会社暁印刷
製　本　株式会社暁印刷

Printed in Japan
ISBN978-4-309-02991-7

純猥談

一度寝ただけの女になりたくなかった

純猥談編集部

私が主人公だったかもしれない性愛にまつわる誰かの体験談。
できれば共感したくなかった、5分で切ないショートストーリー。